PAUL SÉRÉ

# Les contes du SEUM

cherche midi

Vous pouvez consulter notre catalogue général
et l'annonce de nos prochaines parutions sur notre site :
**www.cherche-midi.com**


92, avenue de France
75013 Paris

Mis en page par Soft Office
Dépôt légal : juin 2020
ISBN 978-2-7491-6365-9

*Au 5, avenue Paul-Dukas où j'ai rêvé la vie que j'ai…*

*À Sarah et Janna qui m'illuminent jour et nuit…*

# KEYSER

*Tellement de guerres, mon peuple est mort, à qui le tour ?*

Damso

## 29 janvier 2003

La télévision me fascine. C'est à l'origine une création remarquable. Un objet de communication capable de se connecter à tous les foyers. La possibilité de porter un message à tous les gens qui peuplent la Terre en un instant, au même moment. Finalement, c'est devenu un transfert de cons. Des cons regardent un truc qui va les rendre encore plus cons. C'est comme Tito, regarde-moi cet ignare, tout fier. Il peut se marrer devant un film de Max Pécas jusqu'à se tordre les vertèbres et s'endormir devant le générique d'un documentaire sur la vie des félins. Au moment où son cerveau peut développer une réflexion, il se paralyse devant la tâche à accomplir. Comment ce mec peut-il réussir à gérer sa petite bande de dealers depuis aussi longtemps ? Tu penses vraiment qu'ils écouteraient encore ses ordres s'ils le voyaient allongé sur le ventre dans son canapé en velours mauve, la bouche à demi ouverte, une jambe relevée vers l'arrière, avec son caleçon qui lui rentre dans le derrière. Tito, je l'appelle la ronfleuse.

Ah, c'est sûr que personne ne le sait puisque moi je ne dis rien. Quand je vois Tito faire le nerveux pour remettre les pendules à l'heure à un employé qui transpire la peur, je me dis : s'il savait celui-là : il flippe de la ronfleuse qui pète.

Je me tords le cou pour regarder jusqu'au bout cette émission. Pourquoi il la place aussi haut, cette télévision ? Ce connard, il l'accrocherait au plafond s'il pouvait. Mais le torticolis vaut le coup. Regarde-moi la foulée de ce tigre dans la savane. Il a de la gueule. Ces animaux ont la belle vie. Ils courent sur des kilomètres et ils sont libres. Personne ne les juge. Mieux encore, ils sont filmés, racontés, adulés. Je n'ai pas eu l'occasion de tout regarder mais jamais tu trouveras un documentaire sur moi, ou alors à charge. Il n'y aura jamais de documentaire intitulé *Les Pitbulls, ces chiens qu'on aime tant* ; *Pitbulls : une race à part* ; *Pitbulls, ces animaux domestiques intelligents*. Tu ne nous verras jamais affichés sur un spot de la SPA. « Adoptez-le ! » Les enfants ne nous convoitent pas les larmes aux yeux en faisant un caprice à papa ou maman.

Non, les gens restent enfermés dans leurs idées reçues. Un pitbull est violent. Un pitbull est là pour faire régner la terreur et la désolation. Pitbulls, ces chiens qui tuent ! Je suis l'être le plus pacifique qui existe. J'aimerais me poser sur une butte pour contempler l'horizon avec ma femme et mes enfants. Comme dans ce dessin animé qu'ils ont regardé en DVD l'autre jour : *Le Roi Lion*. Qu'est-ce que je disais ? Le lion, c'est encore un félin qui a la belle vie. C'est un animal sauvage. C'est un tueur sans pitié. On fait des dessins animés sur lui. Tu as déjà vu un Walt Disney qui a pour héros un pitbull ? Je vois mal Disney raconter l'histoire d'un molosse qui veut retrouver son père perdu dans une cave de cité du 9-3. *Le Roi Lion*. Pas *Le Roi Pitbull*, ni *Le Roi Dogue allemand*, ni *Le Roi American staff*. Nous, les chiens catégorisés dangereux, on est stigmatisés.

Ma race, c'est une malédiction. Faut dire que nos maîtres ne nous aident pas. C'est pour ça que je ne peux pas en vouloir aux gens quand ils m'envisagent avec effroi. Ils appliquent l'adage « Dis-moi qui est ton maître, je te dirai qui tu es ». Mais moi, Tito, je ne l'ai pas choisi. Je n'ai rien choisi d'ailleurs. Je suis né dans un pays de l'Est il y a cinq ans et j'ai atterri dans une ferme du 77. Je n'ai pas connu mes parents, je ne sais pas si j'ai des frères et sœurs mais je suis certain que si j'en ai, ils ont eu la même vie de merde que moi. Cette ferme du 77 où j'ai passé ma première année était dégueulasse mais au moins j'avais de l'espace pour gambader. Je pouvais travailler mes ischio-jambiers et développer mes trapèzes toute la journée. Ce connard de Tito me coince entre deux planches et le mur, la plupart du temps. Il ne l'avouera jamais mais je sais que lui-même a peur de moi. Je râle mais il faut voir son quotidien à celui-là. Il rentre de l'oseille, Tito, mais il vit dans une boîte à chaussures. Il n'a pas de vrais amis. Il ne part jamais en vacances. Bref, il a une vie de chien et il ne s'en rend même pas compte. Dans cette ville qu'ils appellent Belaire. J'ai jamais vu un nom aussi mal accordé à quelque chose ou quelqu'un. Bon, si, une fois on a croisé un pote de Tito qui avait un labrador qui s'appelait Brutal. Autant appeler un yorkshire King Kong. Les gens sont cons. Ou alors, c'est juste les gens que fréquente Tito qui sont cons. C'est possible.

Dès la seconde où il a posé ses yeux sur moi, j'ai su à quel imbécile j'avais à faire. Il était arrivé à la ferme complètement défoncé à cause du shit et il m'avait dévisagé en faisant des grimaces censées provoquer mon excitation et ma nervosité. Il voulait que je lui prouve ma dangerosité. Je le trouvais tellement nul que j'ai aboyé deux fois. Il y a décelé un signe de ma férocité. Ce type est débile. Le jour où il m'a ramené à la cité, il a voulu m'exhiber à tout le monde. Obligé de montrer les dents et de gueuler pendant trois heures pour ne pas le mettre dans l'embarras. Ça doit être mon côté altruiste mais je déteste mettre les gens mal à l'aise. Vous imaginez, si à chaque fois qu'il voulait montrer son pitbull, je m'allongeais et je me léchais le derrière ? La tête de Tito ! Il ne saurait pas comment réagir. Ou alors si j'avais levé mes deux pattes avant comme un saint-bernard ? Je pourrais même miauler comme un chat. Je crois qu'il aurait tellement honte qu'il m'emmènerait chez le premier vétérinaire disponible pour me faire piquer. Mais Tito ne se rend pas compte de la force que cela requiert de devoir tout le temps faire le dur. Je ne peux jamais me relâcher lors d'une promenade. Je ne peux pas courir après un ballon, ni même m'approcher de quiconque. Je dois susciter la peur et ça marche. Dès qu'on rencontre une connaissance de

Tito, j'entends les battements de son cœur s'accélérer, je peux même sentir sa mâchoire se contracter et son haleine devenir fétide.

Ça fait maintenant quatre ans que je suis son chien. Quatre ans de calvaire. Déjà, ce salopard m'a coupé les oreilles pour l'anniversaire de mes 4 mois. Soi-disant pour me protéger lors des combats et éviter qu'on puisse me mordre. Lui, on pourrait lui enlever son cerveau, il ne verrait pas la différence. La vérité, c'est que, esthétiquement, ça me fait une gueule encore plus agressive. C'est simple, si je ne me connaissais pas et que je me voyais pour la première fois, je ferais pipi dans mon panier. Tito n'est qu'un gros enfoiré de première. Faudrait qu'on lui coupe les couilles pour voir si ça ne serait pas mieux esthétiquement ! Quel crétin. Il ne devrait même pas avoir le droit de marcher dans la rue sans un écriteau qui préviendrait : « Attention mec très con ! ». À mon avis ses parents, ça devait être quelque chose. On dit que si tu fais l'amour à ta femme et que c'est un moment de plaisir partagé, ton enfant sera quelqu'un de posé, réfléchi. Je pense que Tito, quand son père faisait l'amour à sa mère, cette dernière dormait !

Faut voir la honte que je me tape avec lui au bout de ma laisse. Pour me donner l'air encore plus méchant, il n'a rien trouvé de mieux que d'utiliser une chaîne de moto pour me tenir. C'est lourd, c'est bruyant. Ça ne sert à rien. C'est du Tito tout craché. Regarde-le, ma ronfleuse, avec la bave aux lèvres. Il va se réveiller quand le *Bigdil* va commencer. Comme par magie. Dès qu'il y a une connerie à la télévision il reprend connaissance. « Bip, bip… Bienvenue au Bigdil ! » Ça y est, il a les yeux grands ouverts. Il essuie sa bouche grasse avec son avant-bras. Et il se marre. Le type a élevé la bêtise au rang de religion.

La vie est mal faite. J'aurais aimé être le chien d'un grand écrivain ou d'une musicienne de talent. Mais vous voyez un écrivain arriver dans une maison d'édition avec un pitbull ? Peut-être Victor Hugo, après tout, *Les Misérables* se déroulent à Montfermeil. Mais tu imagines une violoniste qui répète face à un chien aux yeux rouges et au collier ressemblant à un antivol de Ducati ? Elle aurait peur que je lui saute à la gorge à chaque fausse note.

Tito, lui, je ne l'ai jamais vu lire autre chose que les billets de banque et écouter du reggaeton. Dans le mot il y a reggae mais c'est la seule chose cool qu'on y entendra. Le reste n'est que cris et basses stridentes provoquant l'irritation et la surdité. Heureusement que Tito dort la plupart de la journée, ça me permet de coller mon oreille sur le mur pour entendre la radio du voisin qui diffuse France Culture en continu. Si seulement on pouvait parler, nous, les chiens ! Déjà, on vous dirait d'arrêter de nous donner de la viande crue et des croquettes toutes sèches et farineuses ! Ah, sûr qu'avec la parole j'aurais vanné Tito. Je lui aurais parlé de ses chemises de lanceur de couteaux. Je lui aurais expliqué que de l'odeur de renfermé qui empeste chez lui, on en déduit qu'il a grandi dans une étable, comme moi ! Que ses sourcils font des crises d'épilepsie ou bien qu'une notice Ikea est plus compréhensible qu'une seule de ses phrases !

J'aurais pu faire de la radio, j'en suis sûr. Je sais que si j'avais pu parler, ma voix aurait été chaude et calme. J'aurais parlé de Confucius, j'aurais invité David Lynch pour parler cinéma, j'aurais créé ma propre playlist musicale composée de Brahms, Chopin, Mozart. J'aurais appelé mon émission de radio *Entre chiens & moi*. Les gens se seraient battus pour venir passer un moment sur mon antenne avec moi. On peut toujours rêver, dirait l'autre. Le rêve est « l'accomplissement d'un désir », selon Freud. Je me demande bien à quoi rêve Tito ? Il doit y avoir des résines de cannabis animées qui chantent du reggaeton tout en faisant du fitness. Parce que ce sont les deux seuls intérêts que j'ai remarqués chez Tito. Cette musique et la musculation. Le peu de temps qu'il reste éveillé, c'est pour insulter les gamins qu'il exploite pour son business de shit et soulever de la fonte. Et que je te soulève ce poids, et que je te tire ce poids, et que je mets ce poids sur mes épaules, sur ma nuque… il a l'air encore plus bête quand il s'exerce que lorsqu'il ne fait rien, chose qu'on croirait pourtant impossible. Il ingurgite des produits en tous genres. Et que je secoue mon *shake* et que j'avale mon *shake*, et que j'en reprends, et que je mange des barres protéinées et que je me pique la cuisse avec des stéroïdes. Il veut tellement impressionner ceux qu'il croise, inspirer la peur. C'est pour ça qu'il m'a choisi. Si les gens m'entendaient penser. Ils nous trouveraient des surnoms, du style : Gonflette et son Cerveau en laisse, ou Musclor et Nietzsche ! Bref, ils se foutraient de notre gueule et ils auraient bien raison. Même ce prénom qu'il m'a donné est censé souligner mon agressivité. Il fait référence au méchant d'un film qu'il regarde régulièrement et dont le personnage principal est assez intelligent pour faire croire qu'il n'existe pas. Si seulement Tito pouvait ne pas exister !

Quand il me promène il cherche toujours à me rendre nerveux dans le but de me faire baver et aboyer. Tout ça pour que les gens me craignent autant que lui. S'ils savaient que pour battre Tito, il suffit de lui demander de faire une multiplication. Il tomberait dans les pommes en puisant dans l'énergie intellectuelle qu'il n'a pas afin de donner le résultat. Tito est un abruti.

L'autre jour, il m'a jeté une boîte vide, pensant sûrement que j'aimerais jouer avec, encore un moment d'absence de sa part, où il a dû me confondre avec un chat. Quand j'ai lu les ingrédients sur cette boîte de protéines, j'ai été effaré par le taux de lactose capable de donner de l'aérophagie à un dinosaure.

« Alors, Keyser, on regarde son papa ?! C'est qui le patron ? C'est qui le patron ? Tu as faim ? »

Après tout ce temps, cet enfoiré n'a toujours pas compris que je mange à des heures fixes. Il continue de me donner à bouffer comme il descend la poubelle. Quel con ! Et voilà, il m'a jeté 500 grammes de viande crue. Idiot qu'il est ! Tu la mangerais, toi ? Pas grillée, pas assaisonnée ?! Connard !

La seule chose de positif dans cet appartement, c'est Ava, la fiancée de Tito. Enfin ils ne vont pas se marier. Il la présente comme ça à tout le monde mais c'est pour marquer son territoire. Il est jaloux. Il a raison parce qu'elle, c'est un autre calibre. Elle me fait penser à une héroïne de Flaubert. Une femme qu'il faut aimer en sachant souffrir dignement. Elle ne l'aime pas, Tito. Elle a sûrement besoin d'un logement. Elle est comme moi, en fait. C'est une relation d'usage. Ava est enceinte. Je l'ai su dès la première fois que je l'ai vue. Ses yeux étaient secs et elle avait par moments un petit renflement des paupières. Elle parle un langage châtié au vocabulaire limité mais elle est cinglante avec Tito : « Dis, tu nettoies ton visage avec quoi ? Du crépi ? Tes pores sont dilatés, c'est horrible ! »

Elle regarde les mêmes émissions merdiques que lui mais elle cache son jeu. Dès qu'il sort de l'appartement, elle visionne des documentaires et elle écoute de la musique classique. Une vraie comédienne, cette Ava. Le seul moment où elle ne fait pas semblant, c'est avec moi. Je lui fais peur. Elle me déteste. Je ne peux pas lui en vouloir. Tout ce que Tito amène comme contexte autour de ma personne ne laisse pas la place à l'affection. J'ai l'habitude. Il n'empêche que j'aime sa présence. Elle est lumineuse. Elle sent bon et, quand elle dort sur le canapé, on a envie de la protéger dans un cocon pour qu'elle puisse ne jamais se réveiller. Ava ne m'apprécie pas et moi, je l'adore. C'est toute ma vie, ça !

Depuis quelques semaines, Tito a eu l'initiative de changer le rituel de notre promenade quotidienne. Il ne me fait plus passer devant le parc de boules et les barres Gagarine et Stalingrad, maintenant on traverse le quartier commercial de Belaire. Ça fait deux jours qu'on marche devant un bâtiment fraîchement repeint aux fenêtres argentées et sans tain. La médiathèque Jean-Rousselot de Belaire. Les gens qui sortent de ce lieu ont toujours l'air jovial. Ils sourient, discutent, argumentent. L'autre jour deux filles descendaient les marches en débattant sur la réforme des retraites, elles avaient un air furieux. Elles comparaient Jean-Pierre Raffarin à Gargamel qui aurait chopé le diabète. Les gens instruits m'attirent. Parfois je m'imagine en train d'argumenter avec des critiques littéraires sur telle ou telle œuvre. Je me balade dans les allées de la médiathèque, plongeant la gueule dans les étagères de livres. À la recherche de celui dans lequel je pourrais m'évader. La valse des mots, mes pattes font tourner les pages comme des croquettes. Le responsable me conseille des lectures audacieuses. Je me love dans un panier dans lequel je peux lire à ma guise, sans que personne vienne me déranger. Je pourrais y aller un jour, on me croirait perdu. Le propriétaire des lieux m'adopterait, me renommerait. Je serais affublé d'un nom sympathique en référence à un grand livre. Bel-Ami, Hamlet, Frédéric, Julien ou pourquoi pas Swann. Je me délecte de ce que mon imagination me fait entrevoir. Tout simplement une autre vie.

Ça peut paraître bizarre mais j'ai vraiment l'impression de travailler tous les jours. Faire peur aux gens, c'est un boulot épuisant. Le nombre de fois où j'ai envie de jouer avec une balle, lever les pattes ou m'installer pour lire, Tito ne peut même pas l'imaginer. Il croit que ça se fait tout seul. Je suis en représentation vingt-quatre heures sur vingt-quatre.

La retraite, c'est un mot que nous, les pitbulls, nous ne connaîtrons jamais. L'âge pivot pour nous, c'est la mort. Nous naissons chiens méchants et demeurons au standard qu'on a bien voulu nous octroyer. Toute notre vie. En plus de dormir, se promener et manger, on a un truc en plus, nous, les chiens à la mauvaise réputation. Je suis réduit, à la faveur de mon maître, à devoir combattre mes semblables pour « le plaisir ». Vulgarité crasse à laquelle je dois me résoudre au risque de devoir renoncer à vivre, car, là encore, Tito, avec son manque d'empathie, ne verrait dans mon manque de combativité qu'un problème génétique irrémédiable. Et donc aujourd'hui, c'est jour de match pour moi.

« Keyser ! Ici, mon chien ! »

Il me met des petites gifles sur la tête. Un jour je vais vraiment lui bouffer le visage. Mais je ne peux pas faire ça. Je n'aurais plus de toit et plus à manger. Et puis j'ai pris mes habitudes dans cet appartement. Il a de la chance. Il passe jamais très loin de l'accident avec moi.

« Allez, Keyser, je veux que tu le bouffes, tu m'entends ?! »

C'est toujours la même routine, ces combats de chiens. On devrait inverser les rôles. Je sais exactement ce qui se passerait :

« Battez-vous ! Allez, Tito, vas-y ! Regarde-le qui court, ce lâche ! Il tourne en rond. Il veut le tuer ou le faire danser ? Ah, merde, j'ai perdu mon fric. Pas grave, je vais trouver un autre dealer dans la cité. »

C'est toujours une ambiance particulière, les combats de chiens. Nous, on est obligés de nous chauffer alors que nos maîtres ont déjà la rage aux lèvres. Quelques jours avant le combat, je sens le truc venir. C'est la même rengaine. Tito fait tout pour m'énerver. Il me fait dormir attaché dans une petite boîte, il m'affame, il me met des petits coups. Il me chauffe. La vérité, c'est que je connais tellement son manège que je joue le jeu. J'ai l'habitude maintenant. Je fais semblant d'être énervé, je bave des litres de salive. Je grogne pour rien. Dès que Tito passe devant moi, je sors les crocs. Il kiffe. Il se dit qu'il me prépare bien. Il se prend pour un coach sportif. Je lui donne ce qu'il veut pour qu'il me foute la paix aussi. J'aurais pu mieux tomber bien entendu. J'aurais pu être adopté par un auteur reconnu qui m'aurait fait dormir au coin d'une cheminée près d'une immense bibliothèque. Le rêve.

« Allez, Keyser, oh ! Tu es là ?! »

Je ne l'ai pas vu venir, celui-là. Il vient de me mettre un coup sur la nuque, j'ai failli lui mordre la pomme d'Adam. Quel con, Tito ! Cette cave n'est pas la pire que j'ai connue mais il y a un écho assourdissant avec tous ces types qui crient pour encourager leur chien. Et c'est là que je comprends que je ne m'en suis pas si mal sorti avec mon nom. Il y a des maîtres qui méritent l'échafaud pour leur choix : Mordo, Crilin, Babass, Arkos. Une fois j'ai entendu un maître appeler son chien Hector. Personne ne nous respecte. Et soi-disant, on est le meilleur ami de l'homme ! De l'amour à la haine, il n'y a qu'un nom.

Le bruit est insupportable. Je n'ai aucune envie d'être là. Je préférerais écouter la radio en frottant mon derrière sur le tapis.

« Keyser ! Tu vas le bouffer, hein ?! Tu le déchires en deux ! »

Je ne sais pas dans quelles conditions a été élevé Tito mais je doute qu'il ait connu un jour de la tendresse. Il transpire la violence. C'est fatigant de le voir gesticuler. Il pompe toute l'électricité du quartier. Tu le fais entrer chez toi, ce mec fait tripler ta note EDF. Je ne sais plus quel philosophe a dit « L'homme est un animal doué de raison », en tout cas, il ne pensait pas à Tito. Quand il me dit : « Tu vas le bouffer ! » il me suggère d'être cannibale, en fait. Est-ce que lui, quand il se bat, il mange la cuisse de son adversaire ?

« Tito, il est prêt ton monstre ?

– Toujours ! »

Bon, là, j'y suis. Je ne peux plus reculer. De toute façon, je ne recule jamais. Je ne sais pas pourquoi d'ailleurs, c'est bizarre. Je déteste la violence gratuite mais dans une situation d'attaque, j'anticipe tout ce qui se passe et je ne contrôle plus mes réactions. Malheureusement pour mon opposant. Nos maîtres nous tiennent fermement avec une chaîne. Ils attendent le signal pour nous laisser nous entre-tuer. J'ai la tête ailleurs. Je pense à quelque chose que j'ai vu plus tôt ce matin, lors de notre promenade. Le titre d'un journal dont un panneau faisait la publicité dans la rue : *L'amour est-il une illusion ?* Je trouve la question passionnante. L'amour, c'est cette passion qui nous pousse à développer des pouvoirs incroyables afin de réussir à séduire l'être tant convoité. Bon, chez nous, les pitbulls, les choses sont souvent moins compliquées sur le papier. Nous ne tergiversons pas pour nous accoupler, nous faisons cela sans réfléchir, comme quand Tito enfile une chaussette. Mauvais exemple pour cet idiot, qui est obligé de se concentrer pour ne pas la mettre à l'envers. Moi, j'aimerais connaître un amour compliqué. Un amour incertain, rempli d'obstacles à franchir. Un *Roméo et Juliette* canin. Elle serait issue d'une grande famille de caniches nains qui refuserait notre union. Pour l'apercevoir, je devrais déjouer des complots. Je me réveillerais le matin, pressé de sortir. Je ferais le mur pour rejoindre ma douce. Enfin, nous logeons au 14e étage, donc je ne sais pas si l'expression « faire le mur » est appropriée. Je ne suis pas un chat.

« Keyser ! »

Et voilà ma vie ! Je rêve d'amour et je reçois la face tatouée de Tito comme réponse. Ses dessins sur son visage sont véritablement hideux. On dirait une trousse de collégien.

« Chauffe-toi, Keyser, allez, mon tueur ! »

« Chauffe-toi » qu'il me dit celui-là. Il se rend compte qu'on est dans une cave humide éclairée avec trois torches ! Il se gèlerait les miches, lui, s'il se retrouvait en slip face à un autre gars. Moi, je suis calme. Je déteste ceux qui en font trop, en général, c'est eux qui tombent le plus rapidement. J'entends le rythme cardiaque du jeune chien qui me fait face et je connais déjà l'issue de cette bataille. C'est perdu d'avance pour lui. Il va foncer sur moi, je vais me décaler et mordre sa gorge. La puissance de ma mâchoire va stopper son pouls. Son maître se tiendra la bouche, partagé entre la déception d'avoir perdu son argent et la tristesse fugace d'avoir perdu son « meilleur ami ». Tito sera fier comme un coq et moi j'ajouterai cette victoire au poids de ma culpabilité. Dès que le signal sera lancé, c'est ce qu'il va se passer. 3, 2, 1…

C'est incroyable. Je vis un moment de liberté auquel je n'aurais jamais cru accéder. Je n'y avais pas songé. Tout cela était improvisé mais l'occasion était trop belle. J'ai profité d'une embrouille entre Tito et le maître de mon adversaire. Il me reprochait d'être dopé. Le comble. On m'accuse de triche alors que je ne souhaite même pas participer à leurs foutus duels. Le seul dopant que j'ai, il est mental. J'ai envie de survivre pour aller lire. Tito a voulu le faire taire et il s'est pris une sandale en pleine poire. Il ne m'avait pas encore remis ma chaîne autour du cou, alors j'ai aboyé. Tout le monde a sursauté pour me laisser détaler de la cave. J'ai remonté les marches quatre à quatre pour me retrouver à l'air libre, trop pressé de pouvoir toucher mon rêve du bout des pattes.

Je cours seul dans la rue. Je suis à fond. Je sens que mes cuisses pourraient avaler des kilomètres. Je pourrais faire le tour du périphérique sans m'arrêter. C'est formidable. C'est donc ça, être un homme. Aller où on veut. Sans demander l'avis de personne.

Je cours. Et je vois le bâtiment se rapprocher. Est-ce que ma vision va se concrétiser ? Serait-ce cet homme à lunettes assis sur le banc qui va m'adopter ? Ou alors cette femme studieuse et inspirée que je vois assise derrière la vitre du rez-de-chaussée ? Je cours. Je vois un trio de jeunes qui sortent de la médiathèque. La porte se referme lentement et je me faufile à l'intérieur. C'est au-delà de mes espérances.

Des dizaines d'allées de livres qui se font face. J'y suis. Je cours, je saute. Je veux tout voir. Dans mon élan je bouscule une étagère qui tombe. Je n'ai pas fait exprès, je suis tellement heureux. J'en aboie même. Je regarde autour de moi et là, je vois qu'il n'y a plus personne. Seul le responsable de la médiathèque qui a pris un extincteur dans ses mains me fait face, à quelques mètres. Je croise un enfant qui est recroquevillé sur lui-même. Il pleure et appelle sa mère. Je dois me rendre à l'évidence, les gens ont peur. Je veux leur dire que tout ira bien, qu'ils ne craignent rien mais aucun son autre que des aboiements ne sort de ma gueule. Et j'aggrave la situation. Les hommes de la fourrière sont déjà là. Ils se déploient. Je cours pour sortir de la médiathèque avant que la porte ne se referme, je réussis à sortir. J'ai juste le temps de sentir une flèche se planter dans ma nuque comme une piqûre de guêpe. Il en faudrait plus pour m'endormir. Je cavale comme un lapin qui entend les chasseurs tirer. Je cours après le temps qui passe, la journée qui s'achève et le prochain face-à-face que m'a préparé Tito.

Quelle vie de chien !

# DENIS

*They wanna know if he still got it…*

Dr. Dre

## 26 mai 1985

Le karma, c'est un vrai truc, ça…

Putain, je gèle !

Dans la vie, ça tourne vite. Hier soir, j'étais tranquille chez Sonia. On a fait l'amour, après on a regardé *Intervilles*. On était bien. Et puis il a fallu qu'elle parle… Toujours là, à vouloir me faire partager ce qu'elle a dans la tête. On peut pas juste rester sans rien dire, pour une fois ?

« Eh ben non, Denis ! On ne peut pas rester sans se parler, on n'est pas des robots ! »

C'est ce qu'elle m'a sorti…

J'aimerais bien être un robot, moi. Comme dans ce film, là – comment ça s'appelle ? Avec le gosse qui menace le gouvernement américain…

Je ne me souviens jamais de rien. Sonia arrête pas de me le dire.

« Tu te souviens de rien, Denis. Si c'est pas un schéma tactique pour braquer une banque, t'imprimes pas. »

C'est fou, cette fille. Elle me saoule, elle lit dans mes pensées. Je crois que c'est ça qui me fait flipper. C'est pour ça que je ne veux pas vivre avec elle. Si je reste avec elle, j'ai l'impression que j'entre dans une entreprise avec un patron. Je ne suis pas fait pour bosser dans une boîte.

Je gèle, putain…

Mon premier boulot, c'est ma mère qui me l'a trouvé. Dans une banque. Comme un signe. Je m'en souviens comme si c'était hier. J'arrive en retard pour mon premier jour. On aurait dit que j'avais déshonoré la France.

« Monsieur Paoli, il est 8 h 04 ! Vous êtes en retard.

– Désolé, m'sieur Chassagne. C'est le bus…

– Pas d'excuse. Si les Anglais avaient été en retard de quatre minutes pour le débarquement, aujourd'hui, on parlerait tous allemand ! »

M. Chassagne me causait toujours comme si j'étais incapable de comprendre un mot. Plus tard, quand j'ai couché avec sa fille, j'ai eu l'impression de venger tous les employés de sa banque. Et encore plus tard, quand je l'ai braquée, sa banque, je me suis déguisé en soldat anglais. Un clin d'œil. Un hommage à ses tocs historiques. Si M. Chassagne me voyait aujourd'hui, il serait aux anges. Je crois qu'il ferait une réflexion du type : « Monsieur Paoli, si tous les voleurs tombaient dans des cuves après leur larcin, il n'y aurait plus besoin de policiers ! »

Je ne sais pas si j'ai déjà parlé de M. Chassagne à Sonia. J'aimerais tellement lui raconter ça, ce soir en rentrant. Mais je vais pas rentrer, c'est sûr…

Je gèle, putain !

Je lui avais dit de ne pas tomber amoureuse. Je suis comme ça, elle me connaît. Je n'ai pas menti. Bon, peut-être un peu… Mais *tout le monde* ment ! Sonia, elle met du maquillage, des talons hauts – c'est pas son vrai teint, c'est pas sa vraie taille, elle ment elle aussi.

C'est pas pareil, c'est vrai, mais je suis comme je suis. Je ne vais pas changer. Je vole et je ne veux pas d'enfant. C'est tout. Lâche-moi les baskets !

En fait, j'avais qu'à lui dire que j'étais d'accord pour avoir un chiard… Elle aurait été contente. Et elle ne m'aurait pas fait la gueule toute la soirée. Bordel.

D'ailleurs, là, je dirais bien oui à tout ce qu'elle me demande, Sonia. Elle m'a fait des embrouilles pour rien. C'est ça la dernière image que j'ai de toi, Sonia, t'es contente ?

Bon, ce n'est pas vrai. Sonia, c'est une sauvage, une reine, une déesse. Comme Brooke Shields dans le film qui parle d'amour à l'infini… Comment il s'appelle déjà, ce film ? Ah, je ne sais plus… Je gèle tellement que j'ai du mal à réfléchir. Mais en tout cas je ne veux pas de gosses, Sonia ! Enfin, pas tout de suite. J'ai 32 ans, je veux voyager dans plein de pays, dépenser du flouze pour m'acheter une belle voiture. Ah ouais, une Alpine GTA V6-GT, pour faire des dérapages dans le quartier. J'ai envie de m'amuser, quoi. Elle peut le comprendre, ça.

Tu parles… Regarde où je suis, maintenant. C'est fini. J'ai tué notre dernier rendez-vous.

Mais bon, elle m'a cherché, aussi. Qui dit après l'amour « Tu aimerais avoir un enfant ? On l'appellerait Amir.

Denis, c'est le prénom de deux rois[1], et Amir, en arabe, ça veut dire "prince". Vous serez mon royaume, moi, votre reine… » ? Ça fait flipper, ça, non ?

Je ne sais pas… Je ne sais plus rien… Je pouvais pas me taire ? J'étais obligé d'être honnête ?

Je suis un voleur. Je dois être le seul voleur qui ne ment pas à sa gonzesse.

Elle ne m'a plus adressé la parole de la soirée. Et là, je suis en train de crever.

Elle me manque, Sonia. Ses cheveux longs, son jean Levi's qui lui tient la taille. J'aimerais tellement la serrer dans mes bras…

Je suis gelé. Il n'y a pas d'autres mots. Il y en a qui te disent « Je suis gelé », mais ils sentent juste un courant d'air entre leurs fesses. Moi, je suis *vraiment* gelé. Je n'arrive même plus à bouger mes jambes. Et maintenant, mes mains commencent à se figer aussi. On pourrait me foncer dessus avec une 505 GTI, je crois que ça ne me chatouillerait même pas !

Je ne sais pas ce que c'est que cette cuve. Ça me rappelle ce film – comment il s'appelle, ce film ?…

Je vais crever, et la seule chose à laquelle je pense, c'est aux films que j'ai loués au vidéo-club et dont je n'arrive pas à me rappeler un seul nom !

C'est l'époque, aussi. Il y a trop de choses. 2 000 films à louer chez Vidéo Premier, quatre chaînes à la télé… Ça ne sert à rien, tout ça. On n'aurait même pas le temps de tout

1. Denis I^er^ au Portugal et le « roi Denis » au Gabon.

voir en une seule vie. Je ne bosse pas la journée, et même moi je n'ai pas le temps de tout mater.

Allez, faut que j'essaie de bouger. Ça sert à rien que j'essaie de remuer mes bras : je vais me fatiguer encore plus. De toute façon, là, il y a que mon cerveau qui s'agite encore.

Je croyais que quand tu mourais, tu voyais ta vie défiler. Ça commence quand ? J'espère qu'il y aura des pop-corns, un Raider, un Coca…

Toujours pas de film. Ça veut peut-être dire que je vais pas mourir !

Quand même, je sens que quelque chose se fige en moi.

Bordel, il y a cinq minutes, j'étais millionnaire, et maintenant, je suis en train de me noyer. Me noyer !

Je ne peux pas le croire. Je ne vais même pas me baigner quand je pars en vacances sur la Costa Brava. Je ne sais même pas s'il y a une piscine municipale à Belaire ! Et pourquoi je ne suis toujours pas mort ? J'ai un liquide qui entre dans mes poumons, mais on dirait qu'il s'intègre à mon sang. Je suis où là ?!

Allez, Denis, réfléchis… Faut que je fasse un récap.

8 h 35. Je me prépare tranquillement dans les toilettes du bistrot de la rue des Dames. Une canne, un chapeau melon et une moustache pointue. Je suis méconnaissable.

9 heures. Je récupère la Citroën BX. Le proprio descend de son véhicule en sortant de son parking. Avant qu'il le ferme, moi, je monte dans son tacot, et je démarre. Merci, monsieur.

9 h 55. Je suis garé devant la banque. J'entre. Je braque le directeur sans éveiller un soupçon. Il m'ouvre la salle

des coffres, et là, banco ! 8 543 000 francs. Je fais fermer la banque. Tous les employés pris en otages par Salvador Dalí… Il y avait une photo à prendre ! Tout roule. Comme toujours. Ma vingt et unième banque. Ma dernière. Mon chef-d'œuvre.

10 heures. La police arrive. Je fais semblant de négocier. Je gagne du temps. Et là, quand tous les employés ont les yeux bandés et croient que je vais les exécuter, quand toutes les forces de police ont les yeux rivés sur l'entrée de la banque, je monte sur le toit. Depuis une semaine, j'ai tout posé là-haut. Des vêtements pour me changer, ma tenue de couvreur. Je saute de toit en toit avec 8,5 millions de francs. Je vole. Je suis loin. Merci pour tout, au revoir ! Je suis le Bébel du 93.

Et, alors que je suis habillé en roi de la toiture, que j'ai tous les outils sur moi, en cas de contrôle, pour prouver que je suis un simple ouvrier… je chute, pour un défaut de toiture… la poisse !…

Oh, ça y est, je sens que je pars… C'est un vrai truc, le karm…

*

**7 mai 2019**

« Panne électrique ! » lui crie son collègue. Sa voix résonne dans toute l'usine en ce samedi matin. Ils ne sont que deux ouvriers pour s'occuper de la maintenance. C'est le bon plan, de bosser le samedi matin, parce que normalement il n'y a rien à faire. Pas de responsable présent. La télévision pour jouer à la PlayStation. Un vrai bon plan.

Mais là, c'est une catastrophe. Une panne électrique due à une surchauffe du système suite à la chaleur exceptionnelle du mois de mars.

Les deux ouvriers courent dans tous les sens.

« Lance les batteries de secours !

– Je ne sais même pas comment on fait, wesh ! »

Bruno approche des 30 ans, mais, dans sa tête, il en a déjà 70. Sa copine dit de lui que c'est un « BoBan », la version banlieue du bobo parisien. Il s'habille chez Celio, il mate les comptes rendus des chansons de Nekfeu sur Genius, et il commande des plats sur Uber Eats. Il effrite son shit sur un CD de Jok'air, et il a un bidon qui donne l'impression qu'il fait une grossesse nerveuse.

Ça fait huit ans que Bruno travaille chez Nitrocrafts, l'usine de production d'azote. Il a trouvé ce boulot grâce à son beau-frère.

« Un boulot pépère, tu verras. Y a rien à faire ! Juste, tu pointes, tu fais tes heures, et tu prends ton chèque. »

C'était vrai jusqu'à aujourd'hui. Parce que là, c'est une galère. Tout l'azote cryogénique des cuves est en train de se répandre dans l'usine. Une mare de liquide puant. Et aucun des deux ne sait quoi faire pour stopper la fuite. Ça coule de partout.

C'est à cause de lui, se dit Bruno. Ils étaient tellement pris par leur jeu vidéo qu'ils ne se sont pas rendu compte du problème. Ils vont sûrement être virés. Bruno va devoir expliquer à sa copine ce qu'il s'est passé. Elle lui dira que c'est de sa faute, qu'il n'est pas quelqu'un de responsable… Bref, c'est la merde.

« La porte coupe-feu, Bruno, ferme-la !

– Comment on fait ? J'ai jamais fait ça… »

Brusquement, quelque chose fait exploser le fond des cuves, et une vague d'azote liquide déferle dans le sous-sol de l'usine. Maintenant, on pourrait faire du jet-ski sans problème. Et soudain, au milieu de la piscine d'azote, une masse humaine remonte à la surface. C'est Denis, avec son sac toujours bien serré en bandoulière autour de son torse :

« Y a quelqu'un, au milieu, là, regarde ! Attrape-le, Bruno !

– Avec quoi ?

– Prends le balai, j'sais pas… Ramène-le par ici ! »

Bruno réussit à faire passer le balai dans l'anse qui entoure le corps. Denis vomit une partie du liquide qu'il a ingurgité. Mais il ne reprend pas encore connaissance. Bruno le rapproche du bord et le hisse sur le haut de l'escalier où il se trouve. Il l'allonge, et son collègue vient pratiquer les premiers secours.

« Faut lui faire recracher tout le liquide. Faut faire du bouche-à-bouche.

– Je le galoche pas, moi !

– Pousse-toi, Bruno ! »

Il commence le bouche-à-bouche, mais à peine s'approche-t-il que Denis, paniqué, le repousse alors qu'un jet d'azote jaillit de sa gorge :

« Merde, j'en ai avalé, j'en ai avalé ! »

Denis ouvre les yeux lentement. Il se met à quatre pattes, puis se relève doucement, son sac de sport « Jeux de France 1972 » toujours en bandoulière. Il est grand, athlétique, brun, les cheveux bouclés en bataille. Même en mauvaise posture, il a un sourire de dentiste de Miami. Une vraie belle gueule qui peut te vendre la tour Eiffel en crédit conso.

Bruno et son collègue l'observent pendant qu'il reprend ses esprits.

« Tu as eu de la chatte, mon pote ! Encore une minute, et tu rejoignais Johnny !

– Hein ? »

La voix de Denis déraille un peu. Petit à petit, tout se remet en place dans son corps. Il s'étire comme un bébé sorti de son sommeil. D'un coup, il prend conscience de ce qui se passe.

« Je suis vivant. Je suis vivant ! J'ai réussi ! Ce soir, je vais aller faire du patin à la Main jaune avec toi, Sonia ! »

Il crie de joie devant les deux collègues interloqués.

« Mais comment vous êtes tombé dans la cuve ? » demande Bruno.

Denis essaie de jouer son rôle.

« Je… Je suis tombé du toit. Je… Je suis ouvrier, je refais la toiture. »

Il agrippe machinalement son sac avec l'argent et vérifie rapidement que tout y est. Il voudrait bien se tirer, maintenant…

« Bon, c'est pas tout, mais je vais retourner sur le chantier, les gars, parce que sinon, mon patron va m'embrouiller.

– Attendez ! On va appeler les pompiers. »

Bruno sort son téléphone portable. Qu'est-ce que c'est que ce bidule ? Denis le regarde comme si c'était un jouet incroyable.

« Vous êtes équipés, ici ! »

Bruno commence vraiment à se demander ce que ce type fait ici.

« Le liquide vous a noyé le cerveau. Vaut mieux que vous restiez tranquille. Ils vont arriver vite.

– Non, non, c'est bon, merci. Je dois y aller. »

Denis laisse les deux ouvriers plantés là et monte les escaliers en se donnant une contenance. Il regarde autour de lui et aperçoit un écran de télévision qui affiche une partie de *FIFA 18* en pause. Il bloque un moment sur le graphisme hyper réaliste qu'il voit, puis se reprend et cherche la sortie. La porte n'est qu'à quelques mètres, il y est presque. Il sort et se retrouve devant l'usine. Il fait beau. Denis est un peu ébloui. À sa droite : une Renault Clio 4 bleu électrique qui le laisse songeur. Mais il n'a pas le temps de rester planté là. Il faut qu'il retrouve sa voiture. Il avait garé une 205 GTI derrière l'usine. Au croisement de la rue des Oiseaux et du boulevard Saint-Hilaire. Il est à 30 mètres tout au plus de la banque, pourtant, il ne reconnaît même plus les lieux. Son petit sommeil a dû lui jouer des tours. Tant pis pour la 205. Denis décide de s'éloigner du quartier. En marchant, il regarde les véhicules garés et ceux qui passent. Il ne reconnaît aucun modèle.

Tout à coup arrive un jeune Noir, les cheveux teints en blond, sur une trottinette électrique. Il parle au téléphone *via* son kit mains libres. Denis le dévisage, mais le type a une allure de fusée. Une grande affiche publicitaire au croisement annonce la sortie d'un nouveau smartphone… pour septembre 2019. SEPTEMBRE 2019 ?!! C'est quoi cette blague ???

Denis a la tête qui tourne. Il ne comprend pas. Pour lui, son sommeil n'a duré que cinq minutes. Il se refait le film. Il a chuté. Il sentait son corps durcir avec le froid, puis il s'est réveillé hors de la cuve dans l'usine. Il ouvre son sac et regarde les billets de banque. Tout est là. Rien n'a bougé. Il voit son reflet dans une vitrine et observe son visage qui n'a pas changé. Il ne peut pas être en 2019 ! Ce n'est pas possible !

Denis avise un magasin de vêtements NewSport. Un vendeur est assis devant sa caisse, les yeux rivés sur son portable. En prenant un air détaché, Denis regarde les baskets exposées et les T-shirts.

« S'il vous plaît, on est en quelle année, là ? »

Le jeune vendeur répond sans lever les yeux.

« Il est 11 h 15. »

Denis insiste, s'approche et lui tape sur l'épaule.

« OK, mais on est en quelle année, là ? »

Le téléphone sonne et fait sursauter Denis.

« Encore un talkie ? »

Le jeune lui répond sans relever la tête.

« Va faire tes vannes ailleurs, mon pote. C'est un One Touch 6T, c'est coréen. C'est la classe. Tu t'es vu, toi ? Frère, on dirait que tu viens du passé ! »

Le petit rictus qui se dessine sur ses lèvres commence à sérieusement énerver Denis, qui lui prend le portable des mains.

« Hey, mais tu fais quoi, là ? Touche pas à ça ! T'as niqué ma partie, connard !

– Pauvre chou ! Je te parle, tu me regardes, c'est tout. Tu la recommenceras, ta partie de *Donkey Kong*.

– Quoi ? Mais qu'est-ce tu racontes, toi ? Vas-y, sors de là, j'ai pas le temps de recevoir tous les toxicos du quartier. Allez, dehors, et rends-moi mon portable avant que je te démonte ! »

Denis ne réagit même pas aux menaces. Il est fasciné par le téléphone.

« On est quel jour, mon frère, s'te plaît ?

– On est jeudi. Le 24.

– De quelle année ?

– 2019, ta mère ! Rends-moi mon portable, maintenant ! »

Denis est sonné. Il cherche appui sur la caisse. Le vendeur récupère son bien.

« C'est pas possible, c'est un cauchemar…

– Et sors du magasin, maintenant. Je te préviens, mon grand frère il va arriver ; s'il te voit, il va te tirer dessus. »

Denis balbutie, il accuse le coup.

« Il me faut des vêtements secs… Trouve-moi de quoi m'habiller, steup.

– T'as de quoi payer ? C'est pas les Restos du cœur, ici !

– Les Restos du quoi ?

– Vas-y, mais tu sors d'où, toi ? Les Restos du cœur ! Les Enfoirés ! Ceux qui dansent le fortnite sur du Christophe Maé pour Coluche !

– Coluche, je connais ! Il fait encore des spectacles ?

– Au paradis peut-être, si Allah le veut !

– Il est mort ?

– Waw, mais toi, tu fais flipper ! Ben oui, il est mort. C'était il y a longtemps. J'étais même pas né. Tu sors d'une longue peine, toi !

– Steup, donne-moi de quoi m'habiller, faut que je parte vite. Un jean et un perfecto, ça fera l'affaire.

– T'es pas aux puces de Clignancourt, ici ! On n'est pas une friperie, on fait dans le sport, nous ! »

Le gamin lui apporte un survêtement noir et une paire de Stan Smith.

« Tiens, avec ça tu seras frais.

– Frais ?

– Tu seras au max, quoi !

– Je comprends rien quand tu me parles… »

Denis enfile la tenue et les baskets. Il se regarde dans le miroir, pas sûr de sa dégaine. Mais il est pressé.

« Je te dois combien ? »

Il sort une liasse de son sac.

« Tiens, garde la monnaie.

– C'est quoi ça ?

– Quoi ? On paie pas avec de l'argent en 2019 ?

– Avec des euros, oui, mais pas avec des billets de Monopoly ! T'es sérieux, toi ?!

– C'est quoi ton problème, encore ? Tu veux pas de mon pognon ? Prends ton talkie-walkie et appelle donc ton grand frère, mon pote. Demande-lui si un pascal, c'est pas assez pour le déguisement de Cat Woman que tu essaies de me refourguer !…

– Un pascal ?! T'arrives d'où toi ?

– Je ne peux pas payer en francs, tu vas me dire ? Et c'est quoi, la monnaie, maintenant ? Des écus ?

– Ah non mais, c'est les *Visiteurs*, là ! Vas-y, rends-moi les vêtements ! »

Denis pousse le vendeur qui bascule en arrière et tombe. Il sort en courant du magasin, en ayant soin de récupérer ses affaires mouillées. Il a la tête qui tourne, Denis. C'est pas possible que les francs ne vaillent plus rien.

Il s'assoit sur un banc, il est essoufflé, en sueur, mais surtout choqué. Il ne peut pas réaliser qu'il se soit endormi trente-cinq ans. Pour lui, tout s'est arrêté le temps d'une petite sieste.

Denis ouvre son sac et regarde les francs qui débordent de partout. 8,5 millions de francs qui valent zéro aujourd'hui. C'est pas dans le futur qu'il a atterri, mais en enfer ! D'ailleurs, ne serait-ce pas cela, en fait ? Une punition divine pour avoir choisi une vie de criminel. Comment un ticket gagnant peut-il se transformer en valeur zéro ?

Pour en avoir le cœur net, il faut qu'il retourne à la banque. Il a besoin de comprendre. Il décide de revenir sur ses pas.

En passant devant le magasin de sport, il fait attention de ne pas se faire remarquer. Il aperçoit au loin le vendeur discuter avec un homme plus grand que lui, à la barbe naissante. Ils ne le voient pas. Quelques mètres encore, et Denis est devant l'usine. Il regarde les noms des rues. Il remonte le boulevard Saint-Hilaire, il y est presque. Plus il avance, plus son cœur s'emballe. La règle numéro un va être bafouée : on ne doit jamais revenir sur le lieu du crime. Mais tant pis. Il veut savoir. Il court, il ne lâche pas son sac. Il tape un sprint sur le boulevard, mais, au bout de 5 mètres, il est déjà essoufflé. C'est pourtant un bon coureur, il a toujours eu un bon cardio. À l'USC Belaire, quand il jouait défenseur, on l'appelait le « ressort », parce qu'il pouvait faire tampon avec l'attaquant adverse et remonter la balle jusqu'au but en quelques secondes. Mais là, il a l'impression qu'on lui a greffé un cœur de perruche. Il parcourt les derniers mètres en se tenant la poitrine. La boulangerie, le centre des impôts – il y est… Mais quand il arrive au croisement… Plus de banque ! Où est cette saloperie de Générale de banque ?! Le bâtiment semble toujours être le même, pourtant. Denis reconnaît la toiture. L'immeuble est mitoyen d'un supermarché qui a changé de nom. Adieu, le Félix Potin. Le magasin jouxte encore le toit de la banque depuis lequel Denis a chuté. Mais le bâtiment a disparu. À la place, il y a une sorte d'entrepôt de textile. Une grande porte en métal massif à l'entrée, et un homme qui semble tenir la garde devant. Denis lit le nom qui est placardé discrètement à droite de la porte : « Atelier Thomas Linberg ». Denis est sur les rotules. Il s'accroupit devant l'entrée de l'atelier. Une pluie drue s'abat soudainement sur la ville, comme une rafale de kalachnikov. Denis ne bouge pas. Il est anéanti. Le gardien devant l'atelier s'approche.

« Vous ne pouvez pas rester là, monsieur. S'il vous plaît, circulez. Je ne peux pas laisser des gens s'installer devant la porte…

– La banque… Il y avait une banque, ici. Elle est devenue quoi ?

– Une banque ? Je sais pas, moi. Ça fait que trois mois que je suis là. Mais l'atelier, lui, il est là depuis vingt ans, à ce qu'il paraît. Allez, s'il vous plaît, ne restez pas là. En plus, il pleut. C'est n'importe quoi. »

Denis finit par se relever. Il est trempé de nouveau. Le gardien, effaré, le regarde s'éloigner, marchant au ralenti sous la pluie battante.

*

La pluie s'est arrêtée. Depuis une heure. Denis, qui marche toujours comme s'il avait des semelles de plomb, s'engouffre dans la cité Belaire. Il ressasse ses pensées sombres. Un monde où il n'est plus rien. Un monde où il n'*a* plus rien !

Il regarde autour de lui et jurerait pourtant que le quartier n'a pas changé. Les mêmes tours de 50 étages aux façades ternes. Cette odeur d'essence mêlée à celle du cannabis. Oui, le cannabis. C'est ça que sent Denis. Dans le futur, le cannabis, c'est toujours du cannabis ? Est-ce que c'est légal, dans le futur ? Est-ce qu'il n'y a plus de dealer, dans le futur ? Est-ce que la drogue est gérée par l'État, dans le futur ?

Denis s'imagine un monde avec des dealers fonctionnaires. Des dealers qui refuseraient de servir leurs clients après 18 heures, le vendredi après 17 heures, même, et qui ne travailleraient pas du tout le dimanche ! Des dealers qui partiraient deux mois en vacances l'été et qui laisseraient un petit mot avant leur congé annuel : « Votre dealer sera absent du 1er juillet au 31 août, pensez à préparer vos doses ! »

Denis a le cerveau en ébullition. Un jeune à capuche le sort de ses pensées.

« Tu viens pécho, frère ?

– Pécho ? »

Du téléphone du gamin sort de la musique comme d'un haut-parleur. Denis se demande comment cela est possible. Le son est affreux – sans parler de la chanson elle-même, dont les paroles lui sont totalement incompréhensibles.

« J'me rappelle, j'avais rien, j'traînais tous les jours dans l'bât 7... J'enchaînais joint sur joint, quand j'étais chaud j'allais voler... »

Denis a l'impression que le type qui chante a le hoquet.

« Tu veux de la C ?... Oh ?! »

Denis sort une liasse de billets de 500 francs. Le jeune à capuche roule des yeux comme si le Graal venait de sortir d'un chapeau de magicien.

« Je peux avoir combien de grammes, pour 100 pascals ?

– Des francs ? Tu déconnes ?! Ils sont vrais ? J'en avais jamais vu, tu me crois ?

– Si tu peux me les changer, je te file cinq liasses pareilles.

– Frérot, ça se change plus, ça ! Depuis des années. Ouvre un musée et fais payer l'entrée, peut-être qu'il y a des mecs qui veulent voir à quoi ça ressemble ! Il te faut de la vraie moula, ici !

– De la moula ? demande Denis.

– De l'oseille, quoi ! »

Et justement, c'est sûrement le truc qui emmerde le plus Denis : le flouze, le cash, l'argent, il n'en a plus. Il a beau faire l'expérience d'une histoire digne de la quatrième dimension, Denis s'en moque bien, pour une fois. Peu importe qu'il débarque au Moyen Âge, sous Louis XIV ou dans le futur, ce qui l'intéresse, lui, c'est de faire du fric. Et c'est ce qu'il pensait avoir il y a encore quelques heures.

Pour Denis, sans oseille, tu n'es rien. Tu ne peux rien. Tu n'existes pas. Il n'a pas de diplôme. Il n'a pas d'héritage. Il n'a jamais eu de famille, lui qui a été trimballé de foyer en foyer jusqu'à ses 14 ans avant de débarquer ici, à Belaire.

Et, même dans le futur, le quartier pue toujours autant ! Denis pense qu'avant même le Big Bang Belaire devait être une zone incompatible avec le moindre brin d'herbe. Tout autour, il devait y avoir des arbres, des mammouths, des dinosaures, mais, à Belaire, il en est sûr, il n'y avait rien. Une No Life Zone. Un espace qu'il fallait éviter à tout prix.

Denis réfléchit et se dit qu'il doit se reprendre. Il n'a jamais eu à demander du soutien à qui que ce soit. Il n'a jamais eu besoin qu'on s'occupe de ses problèmes. Il a toujours dû tout gérer lui-même, depuis le début. Pourquoi changer maintenant ? Denis se dit que ce qu'il a accompli il y a trente-quatre ans, il pourra encore le faire aujourd'hui. Il n'a pas le choix de toute façon.

Le jeune à capuche est parti depuis un moment.

Première chose : il lui faut un endroit où dormir. Chez Sonia ? Il faut à Denis une personne de confiance à qui raconter son histoire. Sonia va l'engueuler, elle va lui faire la tronche. Peut-être ne plus lui parler pendant quelques semaines, comme la fois où il était parti en Espagne en oubliant son anniversaire… Mais même là, Denis avait réussi à se rattraper en l'emmenant à Montréal voir le Victory Tour de Michael Jackson. Elle en avait pleuré. Il avait pris sur lui, mais il avait réussi à la reconquérir.

Denis court plein d'espoir vers le 113 de la rue du Docteur-Albert-Schweitzer. Il arrive devant le hall d'un immeuble.

La porte a changé. Un digicode avec des flèches empêche l'accès. Sans trop comprendre ce qu'il fait, Denis appuie sur une flèche et fait défiler les noms. Mme Sonia Marjoubi. Elle est toujours là. Seule bonne nouvelle de la journée !

Il sonne.

*

« Oui ? »

C'est un homme qui répond. Un flot de questions fuse dans la tête de Denis. Cela fait trente-quatre ans qu'il a disparu, donc elle a refait sa vie, non ?... Elle n'allait pas attendre tout ce temps. Lui-même l'aurait-il attendue ? Elle ne savait pas où il était, elle ne savait pas qu'il était monté sur un ultime braquage. Elle a dû croire qu'il était parti à l'étranger changer de vie. Elle a peut-être cru que leur dernière discussion avait scellé la fin de leur histoire. Elle s'est dit qu'en parlant d'enfant ça l'avait fait fuir. Elle n'a plus eu de nouvelles de lui. Elle a refait sa vie, c'est sûr.

Est-ce qu'elle se souvient de lui, au moins ? Pas certain non plus. Connaissant le caractère de Sonia, Denis se dit qu'elle a dû le rayer de son esprit. Par fierté. Elle n'a sûrement jamais cherché à savoir où il était. Sacrée Sonia !... Qu'est-ce qu'elle avait dû l'insulter. C'est sûr qu'il a pris cher, pendant son sommeil. C'est pour ça que personne ne l'a jamais retrouvé. C'est pour ça qu'il a dormi trente-quatre piges.

« Oh ! Il y a quelqu'un ? »

La voix masculine le relance.

« Pardon, oui… Bonjour. Est-ce que Sonia est là ?

– C'est de la part de qui ?

– Denis. Je suis un ami d'enfance de Sonia. »

Il y a un silence de quelques secondes, puis la porte s'ouvre. Pour Denis, tout est très bizarre. Une vague d'émotion l'envahit. Un peu de nervosité. Cette situation n'est vraiment pas simple. Il a beau essayer de prendre du recul, il a l'impression d'être parti ce matin. Il a le sentiment qu'on lui a volé sa vie. Il doit sonner pour entrer chez sa meuf ? Un homme lui ouvre *sa* porte ? Le cauchemar ne va donc jamais prendre fin !

Il entre dans l'immeuble. Le rez-de-chaussée sent toujours la pisse de chat. La gardienne de l'époque en avait huit, et elle avait plus de 60 ans. Si c'est toujours elle la gardienne, c'est un miracle. Elle a dû prendre les vies de tous ses chats, se dit-il.

L'ascenseur arrive au zéro et s'ouvre. Denis s'y engouffre. Pendant la montée, il réfléchit à la façon dont il va expliquer tout ça à Sonia. Elle a quel âge aujourd'hui, Sonia, d'ailleurs ? Denis fait le calcul. Elle avait 25 ans en 1985, on est en 2019. Elle a donc 59 ans. Denis se dit qu'il faut qu'il fasse attention à ce qu'il va lui dire. Surtout ne pas faire de vannes sur son âge, elle risquerait de le gifler. Nerveux, il commence à penser à des choses absurdes. Il se dit qu'elle aura peut-être un poireau sur le nez. Il se dit qu'elle aura peut-être triplé de volume avec des seins qui tombent, comme sa tante Françoise qu'ils appelaient, pour rire, avec ses frères, « Flip Flop », à cause du bruit que faisaient ses cuisses en se touchant quand elle marchait…

Denis arrive au 14e étage. Il avance dans le couloir et remarque quelques retouches de peinture, mais si peu. Devant la porte de l'appartement, il se souvient de la première fois où Sonia l'a invité. C'était il y a quatre ans – enfin, presque quarante ans, maintenant. Sonia était une petite du quartier, étudiante à l'université. Il l'avait rencontrée en 1981, à la veille de l'élection de François Mitterrand. Lui n'était même pas inscrit sur les listes électorales. Elle était convaincue que le monde allait changer, que tout allait s'améliorer. La première fois qu'il l'avait vue, elle tractait en bas des tours. Denis sortait d'une partie de foot et s'était posé en bas du 113 avec ses potes. Sonia et deux de ses amies faisaient tout pour pousser les gars de la cité à voter.

« Mitterrand, c'est un révolutionnaire ! Il va augmenter le SMIC, abaisser l'âge de la retraite…

– S'il met l'âge de la retraite à 30 ans, moi, je vote pour lui ! »

Sonia n'arrêtait jamais une discussion tant qu'elle n'avait pas eu le dernier mot. Même en rêve, Denis n'avait jamais réussi à la faire taire.

« Mitterrand, il est contre la peine de mort. Ça pourrait vous intéresser, ça, non ?! Avec Mitterrand, si tu te fais arrêter, t'es moins nerveux. Tu te sens pas concerné, Amadou ? Et toi, Chico, non ?! »

Sonia ne lâchait jamais rien. Elle était indomptable. Elle faisait penser à cette pub qui passait à la télévision, où l'on voyait un lion rugir et, d'un coup, une femme lui faisait face et le lion se taisait. Le charisme. Et la foi. Il en fallait, pour penser qu'on pouvait convaincre des types comme Denis, qui n'avaient jamais ouvert un livre de leur vie ! Des types qui n'étaient même pas allés au-delà du collège. Sonia, elle y croyait. Quand elle s'était approchée de Denis, il s'apprêtait à partir, et elle s'était postée devant lui, bien droite.

« T'as peur du débat ?

– Peur ?

– Tu te lèves au moment où j'arrive, donc c'est que tu appréhendes la discussion.

– Je vote pas, moi.

– Moi non plus, je ne votais pas. Mais là, ça vaut le coup. T'as pas envie de changer le monde ?

– J'aimerais bien changer d'appartement, changer de voiture, changer la météo, changer de coiffure, changer mes Stan Smith contre des Ilie Nastase… Mais changer le monde… Faut voir ! Tu seras toujours là ? Si toi, t'es là, moi, je veux bien ; sinon, je préfère que tout reste comme c'est ! »

Sonia avait ri, et c'est comme ça qu'ils avaient fait connaissance. Il y avait trente-neuf ans. Et maintenant, Denis se demande ce qu'elle avait bien pu penser en voyant que le monde n'avait jamais vraiment changé.

En tout cas, l'odeur de la pisse au rez-de-chaussée, elle, était toujours là.

*

La porte de l'appartement s'ouvre.

« Bonsoir. Sérieux, vous êtes un ami d'enfance de ma mère ? De la petite enfance, alors ! Quand elle bossait à la crèche… »

Denis n'en croit pas ses oreilles. Sonia a un fils. De son âge. Enfin, de l'âge qu'il avait quand il est parti. Un grand gaillard au regard émeraude, comme sa mère.

« Euh… En fait, c'est mon père. On a quitté le quartier il y a quelques années…

– Il y a quelques années ? Ma mère est partie d'ici en 91 ! »

Denis essaie de garder la tête froide. Si c'est le fils de sa mère, il va rapidement voir qu'il raconte des salades. Donc il faut faire attention à ce qu'il dit.

« C'est-à-dire… C'était il y a trente ans. Elle était amie avec mon père. On est partis loin de Belaire… Il m'avait fait promettre de venir la voir. Vous pouvez me dire où je peux la trouver, s'il vous plaît ?

– Elle est morte… Il y a deux ans. »

Denis est paralysé. Sa salive s'est asséchée. Ses yeux commencent à rougir. Il essaie de contrôler sa respiration. Il promet à son corps qu'il prendra soin de lui s'il le laisse tranquille. Denis ne se rappelle pas avoir pleuré une seule fois dans sa vie. Il aimerait bien que ce ne soit pas ici la première fois, devant un inconnu. Il essaie de reprendre sa respiration, il n'y arrive pas. L'homme face à lui voit bien qu'il a lancé une onde de choc.

« Ça va ? Désolé. La nouvelle est un peu brute. Ma mère était très secrète, donc… Enfin voilà, je ne connais pas très bien sa vie ici. Vous voulez entrer un moment vous asseoir ? »

Le fils de Sonia tend le bras, accompagne Denis jusqu'au salon et l'aide à s'asseoir. Denis prend appui sur cet homme qu'il ne connaît pas. Les larmes coulent sur ses joues. Il ne sait pas comment les arrêter. Denis s'excuse.

« Je suis désolé… C'est à cause de mon père…

– Ne vous excusez pas. »

Le fils de Sonia a aussi l'air de chercher sa respiration. Il n'aime pas parler de ça. Un silence envahit la pièce. Et ces deux hommes qui ne se connaissent pas partagent, l'espace d'un instant, une tristesse commune. Denis brise le silence.

« Mais elle était jeune… Elle est morte de quoi ?

– Oui, c'est vrai, 57 ans, c'est jeune. »

Denis se demande à quoi Sonia pouvait bien ressembler, à 60 berges. On n'imagine jamais son amoureuse quand elle sera vieille. Il pense à Sonia, et à toutes ces années qu'elle a passées sans lui. Il est nostalgique. Il donnerait tout ce qu'il a pour faire revenir Sonia juste un instant et la vanner. Lui dire que Cindy Lauper n'est rien comparée à Madonna. Pouvoir la charrier sur sa couleur de cheveux improbable.

« Laisse-moi réfléchir… C'est un écureuil qui s'est roulé dans un tampon hygiénique, ou un putois mort sur ta tête, Sonia ? » lui avait-il demandé quand elle était rentrée de chez le coiffeur. Elle lui avait répondu qu'elle était sûre que, si elle s'était fait tatouer le drapeau de la Corse sur la joue, il aurait dit que c'était raffiné.

Peut-être par peur de voir se ternir l'objet de son désir, Denis n'avait jamais pensé à Sonia comme à une vieille dame. Elle qui était tout le temps apprêtée. Sonia était une bombe, aux yeux de Denis. Le passage de l'étudiante à la grand-mère en une journée, c'était un choc. Et puis bon, pensa-t-il, elle était en bonne santé, jamais d'excès. Qu'est-ce qui avait bien pu lui arriver ?

« Si quelqu'un lui a fait du mal, il faut me dire, je vais m'en occuper…

– Elle a eu une tumeur maligne. Elle est partie très vite. En quinze jours. Elle a été courageuse. Elle ne s'est jamais plainte. Ma mère, quoi ! »

Petit à petit, Denis regarde autour de lui et remarque que le fauteuil sur lequel il s'est assis, c'était le sien. Celui qu'il avait rapporté à Sonia parce qu'elle l'avait montré du doigt dans la vitrine en se baladant en centre-ville. Le papier peint non plus n'a pas bougé. Mais pourquoi ? Le fauteuil, d'accord, mais le papier peint, pense Denis, elle ne l'aimait pas. En plus de trente ans, elle n'a rien touché dans cet appartement ?

« Je ne comprends pas. Vous me dites que Sonia n'habitait pas là ?

– Non, on a une maison près de Paris. Mais le loyer est tellement peu cher ici qu'elle n'a jamais voulu se séparer de cet appartement. Elle disait que, si on avait un coup dur, on revendrait la maison et on viendrait ici. Je crois que ça la rassurait. Ça lui rappelait les moments difficiles qu'elle avait connus quand elle était jeune. Elle a monté une boîte de services à la personne qui a très bien fonctionné, mais… Je sais pas, elle entretenait un lien fort avec cet appartement. Franchement, j'ai jamais compris. Le quartier est pourri. Mais bon, par respect pour elle, je ne voulais pas le laisser non plus. Elle n'aurait pas voulu que je fasse ça, et j'ai pas envie de l'énerver. Je voulais attendre un peu qu'elle soit partie, et voir si je réussirais à m'en débarrasser. Et puis j'ai une affaire que je dois gérer dans le coin… Donc voilà, je crois que j'ai trouvé un moyen de lui faire plaisir encore un peu. De là où elle est, sûr qu'elle contrôle ce que je fais !

– Et votre père ? Il n'a jamais rien dit ?

– Mon père ? Je ne l'ai pas connu. Ma mère n'en parlait pas. »

Il pointe un cadre photo sur le buffet. Denis se souvient de la photo. Ils étaient tous les deux en vacances à Marbella, Sonia blottie dans ses bras. Mais elle a découpé sa silhouette de la photo.

« C'est à Marbella, ça ! Je m'en souviens.

– Impossible, on a le même âge. Vous n'étiez pas né. »

Denis se reprend.

« Oui, je veux dire, mon père m'en a parlé…

– Mais c'était qui, votre père ?

– M. Paoli… On habitait à l'étage du dessous. Mon père me parlait souvent de votre mère. Je crois qu'il l'aimait beaucoup.

– Ah ça, je pense que c'était pas le seul ! Mais ma mère n'a jamais voulu se marier. Elle a toujours été là pour moi. Un vrai roc, une bosseuse. Une vraie vanneuse, aussi. Mais il y avait toujours au fond d'elle une tristesse. Il n'y avait pas plus secrète qu'elle. Je vous raconte ma vie, je me suis emballé, là… »

Un téléphone portable vibre sur le buffet.

« Pardon, il faut que je réponde… Allô ? Non, ça bouge pas… »

Le fils s'éloigne pour parler. Denis regarde les photos de Sonia accrochées un peu partout. Elle a eu un enfant, et elle est restée seule. Comme si elle l'avait attendu pour avoir une explication.

Le fils de Sonia revient.

« Il s'est passé quoi, avec tes affaires trempées, là ? Elles puent les produits chimiques ! Tu t'es baigné dans de la Javel ?

– Presque… Pardon, mais ça te dérange si je me lave les mains ?

– Pas de problèmes, la salle de bains… »

Denis le coupe.

« …au fond à droite ?

– Voilà, ça n'a pas bougé ! »

Denis entre et se souvient. Le câble du linge, il avait galéré pour l'accrocher. Pendant six mois Sonia l'avait vanné tous les jours sur ce bout de fil qu'il avait promis d'installer alors qu'il ne savait même pas planter un clou. Mais il avait juré qu'il le ferait et il avait fini par tenir parole. Denis se dit qu'il n'était pas aussi mauvais bricoleur que ça, au final. Un tiers de siècle plus tard, ça tenait toujours !

Il se rince les mains et les essuie. Le fils de Sonia apparaît dans l'embrasure de la porte de la salle de bains.

« Tout à l'heure, tu m'as parlé de ton père… Il est encore vivant ?

– Non, il est mort. C'est pour ça que je suis revenu, pour lui rendre hommage.

– Vous étiez où, toutes ces années ?

– Euh… dans un petit village dans le Sud de la Corse. Tizzano.

– Je t'ai même pas demandé comment tu t'appelles.

– Denis.

– Ah, moi, c'est Amir. »

Son téléphone sonne, il répond et couvre le combiné.

« Denis, je suis désolé… Tu peux repasser un peu plus tard ? Je dois absolument m'occuper d'un truc, pour le boulot.

– Bien sûr… »

*

Denis est à présent sur le palier. La porte se referme. Il est sans voix. Ses yeux rougissent une seconde fois. Une larme coule le long de sa joue.

« Mon fils… »

# TONY

*Et tes copines disent que c'est mort un avenir avec N.I.,*
*mais c'est peut-être William qui veut construire une famille…*

Ninho

**Dimanche 7 juin 2019**
**MKE Ankaragücü *vs* Goztepe**
**Dernier match de la saison. Score : 1-1**
**79e minute…**

Tony est assis sur le banc de touche. Il sue à grosses gouttes. Il ne sait pas si c'est dû aux 31 degrés qu'il fait aujourd'hui à Ankara ou si ce sont les restes du cachet de MDMA ingurgité la veille qui continuent à faire leur petit effet de fin de vol. Le soleil tape fort sur le plexiglas qui protège le banc. Sur la paroi transparente derrière lui se colle tout ce que jettent les supporters de l'équipe adverse. Sandwichs, bouteilles en plastique, crachats, même des slips. Les supporters viennent s'alléger l'esprit au stade le dimanche, après toutes les petites humiliations vécues dans la semaine. Le patron qui les a obligés à faire des heures supplémentaires sans les payer, les gosses qui n'arrêtent pas de crier à la maison, les femmes qui les obligent à rentrer à l'heure, les embouteillages, le voisin insupportable qui fait du bruit, le cuisinier qui a mal préparé le kefta, tout est prétexte à vociférer dans les gradins contre l'adversaire du jour. Ça vole de partout. Tony jette un œil sur le plexiglas qui vibre. Il vibre comme le pot d'échappement de sa moto Guzzi quand il était en Italie. Il vibre même comme la tête de lit du Lugan la veille, quand la brune, qu'il avait rencontrée au bar de l'hôtel, le chevauchait comme si c'était une question de vie ou de mort.

L'ambiance des stades anglais est loin. Il repense au *Boxing Day* anglais. Les hooligans insultants mais qui chantent à l'unisson comme une chorale de bikers. Un boxon aussi mais moins menaçant. Familles et hooligans tous collés. Le gazon qui ressemblait à un tapis de golf. Vert comme si on avait colorié chaque brin d'herbe au feutre. En Turquie, le stade est prêt à exploser dès qu'un joueur touche la balle. Comme si, à chaque but marqué, un supporter pouvait se faire poignarder. Il se remémore ses premiers matchs en amateur à Belaire. Une faute sifflée qui ne passe pas et il y avait toujours un gars pour courser l'arbitre avec un cutter. Le football en Turquie, c'est un mélange de Ligue 1 et de football amateur.

Tony essaie de se souvenir pourquoi il a accepté de venir ici. Ah oui, ça y est. Il se rappelle. 7 millions de raisons. Pas mal pour un semi-retraité footballeur. Mais il avait fait mieux. Beaucoup mieux. À l'Inter de Milan en 2009 il était arrivé pour 35 millions d'euros.

C'était alors une star du football. Star. Le mot est lâché. Il a toujours eu du mal à l'entendre. Il l'acceptait parce qu'il lui ouvrait tout, ce mot. Les meilleures tables, les voitures avec chauffeur, les portes des magasins, les cuisses des femmes. Comme si on lui avait donné un pouvoir magique. Pourtant Tony ne pouvait pas s'empêcher de penser que le mot était galvaudé. Dépossédé de son sens véritable. Une star, ça ne crache pas par terre pendant quatre-vingt-dix minutes. Une star, ça sait s'exprimer autrement qu'en répétant une phrase d'un coach média. Avant, les stars, c'étaient des vrais symboles. Quand il était petit, il y avait Belmondo, Delon, Depardieu, Michael Jackson, eux, c'étaient des vraies stars. Mais au fond de lui, il fallait qu'il soit honnête, il était fier de sa réussite. Il aimait bien se lâcher et écouter cette petite musique qui lui disait qu'il était une star. Ça faisait douze ans aujourd'hui qu'il entendait cette symphonie d'hypocrisie qui jouait à chaque fois qu'il arrivait quelque part. Il adorait déceler l'envie, la jalousie et le désir dans le regard des autres. Il aimait entendre les gens chuchoter son nom quand il arrivait quelque part :

« C'est lui... C'est Anthony Sandero... Attaquant numéro 9... Il est vraiment beau... Il est plus costaud qu'à la télé... Il sait bien s'habiller... Tu as vu sa voiture ? »

Il venait d'en bas Tony. Comme il aimait dire aux journalistes qui l'interviewaient. « Vous connaissez l'enfer ? Belaire, c'est juste en dessous ! »

Il a commencé le football à 6 ans, poussé par son père, fan de ce sport, alors qu'il n'arrivait même pas à faire jongler la balle sur son pied plus de deux fois. Son paternel, lui, il supportait Marseille. Il aurait voulu que son fils joue là-bas.

Il aurait été fier. Il a joué à Arsenal, à l'Atletico Madrid, à l'Inter de Milan, trois des plus grands clubs de football du monde. Il a côtoyé sur les terrains les dieux du foot, Messi et Ronaldo. En 2010, il a gagné la Ligue des champions, mais non, ce qui aurait rendu vraiment fier son père, c'est qu'il joue sous les couleurs de l'OM. Les pères sont parfois un mystère insondable.

Le rapport à l'argent a toujours été particulier pour Tony. Il n'avait jamais eu d'argent de poche. Mais il touchait 30 euros par victoire le dimanche quand il était poussin, enfin aujourd'hui ils disent U11. Ça faisait penser à des menus dans les restaurants de sushis. En 2000, alors âgé de 9 ans, il avait été pris en centre de formation d'Arsenal. Salaire mensuel : 4 500 euros. À l'époque, sur les bulletins de salaire, il y avait encore l'équivalent en francs pour rappeler aux gens la douille qu'ils prenaient. La politesse de l'arnaqueur. 4 500 euros, ça faisait 29 518 francs. À 9 ans, on ne comprend pas les chiffres comme un adulte. On compte en achats d'objets. Pour Anthony, ça voulait dire qu'il était payé 22 GameCube. Une montagne de consoles de jeux. Plus tard, il compterait toujours son salaire en voitures de luxe. En 2011 il a gagné 25 Bugatti Veyron !

Interviewé par *L'Équipe* dans le cadre d'une enquête sur le foot business, Tony avait déclaré : « Le premier million, je l'ai même pas remarqué. » Il n'avait jamais eu le temps de savoir vraiment s'il était sûr d'aimer le football. Il n'avait pas eu d'autre choix. Peut-être que si son père avait été fan de Gégé, le tireur du parc de boules, il serait devenu pointeur en équipe de France de pétanque.

Il avait eu le parcours scolaire rêvé de tous les cancres. Rien besoin de faire puisque personne n'attend de vous quoi que ce soit en cours, tant que vous êtes capable de déchiffrer un dessin tactique.

Il n'avait jamais fait ses devoirs, il n'avait jamais eu besoin de réviser pour un contrôle. Il ne se souvient même plus s'il y avait des horaires précis à l'école primaire. Il avait été programmé pour le football. Son père était décédé en 2004 et ne l'avait pas vu recevoir le trophée du meilleur espoir de l'UNFP. Il n'avait pas réfléchi à arrêter quand son père était parti. Il avait continué sa route. L'année de ses 16 ans, pendant l'été, il avait vu le regard des autres qui commençait à changer. Cela faisait déjà six ans que tous parlaient de lui comme celui qui a été « détecté ». Un rêve pour les uns, une chance de fou pour les autres, mais lui n'avait même pas eu le temps d'y rêver. Il allait là où sa carrière le menait. Ce qu'on lui reprochera plus tard. « Le mercenaire », c'est comme ça qu'on l'appelait dans le milieu. L'argent, ça te transperce le cerveau. Ça rentre partout dans ton corps comme une drogue. T'en as beaucoup mais t'en veux toujours plus. Tu t'en lasses jamais.

Devant Tony, à quelques centimètres, l'entraîneur dont il n'a jamais réussi à prononcer le nom gesticule dans tous les sens. Il gueule, il crache, parfois il fait les deux en même temps. Il reste huit minutes à jouer. Il se tourne vers Tony et son visage passe de la haine à la douceur en une fraction de seconde. Comme un masque qu'il aurait activé. Il demande à Tony de bien vouloir se chauffer. Courir le long du terrain pendant le match, c'est le pire en Turquie. Plus de plexiglas pour se protéger. Une offrande aux supporters. Alors, Tony a pris l'habitude de faire le minimum syndical, devant le banc. Il se sent bien chaud grâce à la température ambiante mais à l'heure actuelle, sa seule véritable envie, c'est de retrouver les courbes de la brune qui l'attend à son hôtel. Au début de sa carrière, il entrait sur le terrain comme si le but était de gagner tous les trophées en un seul match. Aujourd'hui, il se cache pour bâiller dans la paume de sa main à 30 secondes de son entrée sur le terrain. Et c'est le moment. Le coup de sifflet de l'arbitre retentit et Tony réajuste son short à la bonne hauteur. Il regarde ses coéquipiers. Il a beau fixer le joueur qui s'avance vers lui pour lui céder sa place, il doute de lui avoir jamais parlé depuis les sept mois qu'il est dans ce club. Il lui tape dans les mains et s'installe au poste de milieu de terrain mais un joueur lui fait signe de se placer sur l'aile gauche. Il ne sait même plus sur quel côté se positionner. L'arbitre siffle la reprise. Le jeu repart avec le ballon pour l'équipe d'en face. L'attaquant adverse remonte le couloir gauche et se retrouve face à Tony qui lui prend la balle. Il court vers les cages opposées, sans entendre les appels de ses collègues qui crient son nom. Dans un élan d'opportunisme, il s'élance seul. Il dribble le numéro 11 puis le 7, il arrive dans les 7 mètres. La défense, là encore, se fait doubler. Les supporters sont en folie. Le stade connaît une crise d'hystérie. Tony entend les insultes des adversaires siffler à ses oreilles à chaque passement de jambes. Il fait attention de ne pas se mettre hors jeu et ne passe le dernier défenseur qu'une fois arrivé à 2 mètres des cages. Il se retrouve en face-à-face direct avec le gardien et le lobe. Le ballon franchit tranquillement la ligne de but. Il crie de joie et court le long du couloir droit vers les supporters qui l'observent dans un silence de mort. Tony s'arrête vers son banc et regarde l'entraîneur qui hurle sur lui. Son assistant le retient de se jeter sur Tony. Il vient de marquer contre son camp. Le but est accepté. Son équipe perd 1-2 à une minute de la fin du temps réglementaire.

Quand il retourne à l'hôtel Lugan où il séjourne, Tony est lessivé. Son téléphone sonne. Il regarde le correspondant : un numéro français inconnu mais il refuse de répondre. Là, il est fatigué de ses excès de la veille. Le match, il l'a déjà oublié. C'est à peine s'il se souvient d'avoir joué aujourd'hui. Il titube un peu en sortant du véhicule et se dirige vers l'ascenseur qui le mène à sa suite. En arrivant dans le hall, il manque de trébucher sur une valise. Le manager de l'hôtel vient à lui :

« *Hello, sir, I am sorry to interrupt you but is it possible to come with me ? We had a technical problem with your credit card this morning.* »

Tony, qui comprend l'anglais comme il comprend son coach et les femmes, ne daigne même pas regarder le manager. Il se dirige vers l'ascenseur. Le responsable le laisse partir sans dire un mot.

Dans l'ascenseur, la musique rappelle à Tony celle d'un salon de massage. Mais la mélodie lui semble familière. Il a déjà entendu ce morceau quelque part. Il sifflote maintenant. Tout à coup les paroles lui viennent à l'esprit :

« Ils m'entraînent jusqu'au bout de la nuit / Les démons de minuit… » « Ah, les escrocs ! pense-t-il. Ils essaient de vendre de la musique sophistiquée aux étrangers alors que c'est de la variété franchouillarde remixée ! » Il se retourne pour regarder son visage dans le miroir. Il a encore les cernes de la veille.

L'ascenseur s'arrête, une petite cloche tintinnabule pour annoncer l'arrivée au penthouse. Il se poste devant la porte de sa chambre mais la carte ne passe pas. Il essaie de l'essuyer avec son jean, son pull et sa langue. Rien à faire. Il se retient de gueuler. Il reprend l'ascenseur pour descendre voir le desk manager. Une fois devant le desk il est remonté :

« Ma carte s'est démagnétisée, vous pouvez me la changer ?

– *Sorry, sir Sandero, but I told you we had a problem with your payment…* »

C'est dans ces petits moments d'énervement anodins qu'Anthony retrouve ses habitudes verbales de banlieusard. Il a toute une série d'insultes plus sales les unes que les autres qui lui passent par la tête mais il essaie de garder son calme :

« Vas-y, je parle pas anglais, fais ma carte, là ! Vas-y ! »

Tony s'impatiente. Un jeune garçon vient lui demander s'il peut prendre une photo avec lui. Sans le regarder, Tony se tourne vers le portable de la mère de l'enfant et, sans décrocher un sourire, il prend la pose avec le pouce levé. Photo iconique des footballeurs voulant montrer un peu d'empathie alors qu'ils s'en tapent comme de leurs crampons du jour. Aussitôt la photo faite, il reprend sa discussion avec le manager :

« Ma carte, putain, je vais commencer à me vénère, là !

*– OK, sir… I do that… sorry for the inconvenience!* »

Le manager valide sa carte et Tony remonte dans sa chambre. Son téléphone sonne encore. Il ne décroche pas.

Tony saute sur le lit. La chambre a été faite. Il se rappelle le désordre qu'il y avait quand il est parti ce matin et il se marre en imaginant la tête de la femme de chambre en découvrant le chaos. La veille, il avait lancé ses baskets sans regarder, un pied gauche sur la table de chevet, un pied droit derrière la télé. La fille qui était là ne lui avait pas laissé une minute de répit. Il avait posé sa boîte de capotes dans le seau à champagne, des résidus de coke sur la table en marbre. Toute trace avait disparu. « C'est une vraie nettoyeuse, la femme de chambre ! Si je dois planquer un corps, je la prends direct ! » pense-t-il. Son téléphone sonne de nouveau. Il ne décroche pas et s'endort en riant.

2 heures du matin, le téléphone vibre. Tony répond machinalement :

« Allô ?

– Tony ?

– Oui… i… i… Marco ?

– T'es saoul ou quoi ?

– Non, je suis là, tout va bien. Qu'est-ce qu'il se passe ?

– Bon, écoute, on a un problème. Je viens de parler une heure avec le directeur technique du Ankaragücü…

– C'est qui ça ?

– Ton club, Tony ! Ton club ! Tu te fous de ma gueule, c'est pas possible… tu es drogué ?

– Non, je suis… clean…

– T'es viré, Tony. Ils ne veulent plus te voir. Tu ne regardes pas les réseaux sociaux ?

– Non, il y a quoi ?

– Tu te fais insulter, Tony. La chance que tu as, c'est que c'est en turc, donc personne ne capte tout ça, en France. Tu vas prendre tout de suite un avion pour Londres, tu me rejoins. Ici les supporters veulent te faire la peau !

– Sérieux ?!

– Oui, sérieux ! T'es en Turquie, Tony, le football, c'est sacré. Dans la vie, il y a Dieu, leur mère et leur club ! Donc je t'ai envoyé deux mecs qui vont t'escorter jusque dans l'avion.

– Et je pars quand ?

– T'es plus là, Tony ! »

Il est 7 heures du matin quand Tony débarque à Londres dans le salon du Marriott Hotel de Grosvenor Square. Il retrouve Marc Catagnan, dit « Marco », célèbre agent sportif qui bosse avec lui depuis maintenant dix ans.

Le réceptionniste vient à sa rencontre et lui demande s'il préfère un verre de jus de fruits ou de champagne. « Jus de fruits ! » répond Marco.

« *And can I have your credit card please, sir ?*

– Ta carte de crédit, Tony, donne-lui. »

Il s'exécute et s'assoit dans le fauteuil club. Marco le dévisage maintenant de bas en haut. Il voit tout de suite que son joueur n'est pas dans une forme olympique :

« Je te l'ai pas dit mais j'essaie de te décrocher depuis quelques mois un contrat de deux ans avec le Paris

Saint-Germain qui cherche à solidifier son milieu de terrain avec un joueur d'expérience. Cette histoire en Turquie ne sonne pas bon du tout, mais comme Marco n'est pas un imbécile, il a pris les devants, j'ai avancé ta visite médicale pour qu'on puisse signer plus tôt et prendre tout le monde de court.

– Bien joué, Marco, c'est pour ça que t'es le meilleur !

– Franchement, tu avais que ça à foutre de te défoncer la veille du Clasico ? Tu peux pas rester tranquille un soir devant la télé ?

– Tu aurais vu la fille, tu aurais compris !

– Vous êtes des sportifs, hein ?! Pas des acteurs de films porno !

– Oui, pardon. Par contre, c'est quand la visite parce que j'ai quelques traces à éliminer. »

Marco regarde sa montre :

« Dans trois heures on a un train à Saint-Pancras pour Paris !

– Il me faut un vélo, je vais me buter au décrassage ! Tu m'as pris une chambre ici ?

– Oui.

– J'y vais ! »

Le réceptionniste revient vers eux, gêné.

« *Sorry, sir Sandero, there might be a problem with your credit card. It came back with a refuse of payment. Five times.*

– Il dit qu'il y a un problème avec ta carte. Tu as eu un trou ?

– Non. Je sais pas.

– Ben, vérifie ton compte en banque. »

Tony jette un œil sur son application mobile. Il scrute ses comptes rarement, confiant en son salaire qui tombe chaque mois comme une maison qu'on vendrait 12 fois par an !

« Mais c'est pas possible ?! Il y a 300 euros sur mon compte-chèques, là ! Tous mes autres comptes ont été vidés !

– Quelqu'un gère tes comptes à la banque ?

– Non. Juste Clotaire qui s'occupe de mes investissements.

– Clotaire Dupieux ?

– Oui.

– Ben, écoute, il doit être en train de siroter un cocktail sur une plage avec ton oseille sur un matelas de Playa del Carmen ! »

Marco sort son téléphone portable et montre un gros titre du *Huffington Post* : « Le comptable des stars était un escroc ! »

« Oh, le fils de pute ! »

Tony tente de joindre Clotaire sur son portable mais il tombe sur la messagerie. Il appelle ensuite sa banque et demande des explications à son conseiller qui lui détaille comment il s'est fait flouer tout son portefeuille. Le comptable avait fait signer à Tony des papiers lui donnant plein pouvoir sur ses comptes. Confiant, celui-ci n'avait rien vu venir. Toutes ses économies avaient disparu. Même son PEL ouvert à 14 ans et où il n'y avait que 850 euros avait été vidé. Quant aux prétendus investissements immobiliers que le comptable était censé avoir faits, ils n'existaient pas. En moins de vingt-quatre heures, Tony est passé du statut de joueur multimillionnaire au simple joueur au chômage et futur candidat au RSA.

Il ne sait plus quoi dire, quoi faire. Pour la première fois depuis longtemps, il est K-O, sans avoir ni pris de drogue, ni bu d'alcool, ni touché une femme. Marco ressent un peu de pitié pour lui. Mais il a déjà connu des situations similaires par le passé avec d'autres joueurs dont il s'occupait. Le divorce qui ruine, les mauvais placements, les achats compulsifs alors que l'argent ne rentre plus, le joueur essoré par la came, sa femme, sa famille, les putes ou les quatre. Marco avait tout vu, tout entendu. Aujourd'hui, malheureusement, ça n'était pour lui qu'une anecdote de plus à raconter dans sa future autobiographie chez un éditeur grand public, qu'il n'avait pas encore signée mais qui se ferait, c'est certain.

Marco rompt le silence.

« Bon, il nous reste une dernière chance de remonter la pente. La visite médicale. Va vite te décrasser ! »

Tony se sent mal. Il a la tête qui tourne, le ventre dur et les jambes lourdes. Il trouve la force de se lever, tiré par Marco. Le groom prend sa valise.

Le réceptionniste arrive vers Tony :

*« Sorry to ask again, sir, but what are we doing for your deposit ? »*

Marco sort sa carte bancaire et la donne au manager. Tony se dirige vers l'ascenseur.

Arrivé dans la salle de sport de l'hôtel, Tony voit son reflet dans le miroir. Il lit la marque Balenciaga sur son T-shirt. « 850 euros le T-shirt, pense-t-il. Le prix de mon PEL. »

Tony monte sur le tapis roulant et court.

Il est 15 heures quand Tony descend du 4 × 4 Range Rover de Marco. Il est escorté auprès des médecins du club parisien. À son passage à l'entrée, il croise une poignée de supporters du club qui le reconnaissent :

« Anthony Sandero ? Tu viens au club ? »

Le jeune sort son portable et le filme machinalement.

« Téma qui c'est qui vient à Paris ? On revient toujours à la source ! Un petit mot, Antho… »

Mais Tony est exfiltré rapidement dans l'enceinte administrative du club.

Tony est maintenant assis sur un lit médical. Il attend. Il repense à son décrassage un peu plus tôt. Une heure quarante-cinq de course sur tapis. Trente minutes de fractionné. Il a descendu ensuite plusieurs litres d'eau pour pousser sa vessie au maximum afin de la vider. Il se dit que ce matin il s'est plus entraîné en deux heures qu'en trois ans. Qu'un club comme Paris soit intéressé pour lui faire signer une année était vraiment une aubaine. Il avait l'impression de revivre sa toute première visite médicale pour entrer en club professionnel. C'était il y a douze ans. À Turin. Une flopée de jeunes qui crevaient d'envie d'être à sa place mais c'était lui, l'élu. La visite médicale s'était passée rapidement. Tout était OK. Il ne restait plus qu'à signer le contrat de trois ans pour un montant de 15 millions d'euros.

« Il y a un problème. »

La voix du médecin est tremblante. Lui-même n'a pas l'air de saisir ce qu'il voit sur ses résultats d'analyses. Marco baisse la tête. Il comprend déjà que quelque chose ne va pas dans le sens prévu.

« Monsieur Sandero, vous n'avez jamais eu d'antécédents cardiaques ?

– Non. Je joue depuis que j'ai 6 ans. Je l'aurais su.

– Pas toujours. Parfois le corps met quelque temps à transmettre une information. Un dégât ne se voit pas toujours immédiatement. Là, c'est irrémédiable. Vous avez une hypertrophie. C'est un accroissement de la taille du cœur. Le muscle de vos parois cardiaques a épaissi. On peut dire que vous avez le cœur gros !

– Il se fout de moi là ?! Qu'est-ce que c'est que ces conneries ?! Je joue au foot depuis vingt-cinq ans, j'ai jamais eu de problèmes. Je suis en forme. Vous avez dû faire une erreur ou intervertir avec quelqu'un d'autre. Bon, je dois faire quoi alors ?

– Il n'y a rien à faire. En ce qui me concerne, vous ne devez plus jouer au football. »

Tony se lève du lit et commence à s'énerver :

« Il est sérieux, lui. Je vais t'éclater, moi, tu vas voir si j'ai pas de cœur. C'est quoi ces médecins en carton, là. Oh, Marco, ils se foutent de notre gueule, là, faut les attaquer pour diffamation ! »

Le médecin préfère prendre congé et les laisse tous les deux.

« C'est fini, Tony. Ce ne sont pas des médecins en carton. Ce sont les meilleurs. Tu peux faire tous les médecins que tu veux, si celui-là te dit que tu ne dois plus jouer, aucun club ne voudra te signer. Tu comprends ? C'est terminé. Plus de football.

– Mais allez tous vous faire voir ! Je t'emmerde, sale con ! »

Tony le pousse contre le mur, ce qui lui fait perdre son équilibre. Marco trébuche sur le sol. Énervé, il déverse son discours à la gueule de Tony :

« C'est toi, l'abruti ! T'es plus au niveau depuis longtemps ! Le football pour toi, c'est du passé. T'as plus qu'à livrer des pizzas ! »

Tony lui assène un dernier coup de pied. Il attrape son sac et s'enfuit hors du bâtiment.

Il ne sait plus où aller. Il passe quelques coups de fil. Il appelle ses « amis », si tous décrochent en voyant son numéro s'afficher, aucun ne peut l'aider. Certains ne sont pas en France, d'autres sont impliqués dans leur vie de famille, ou ne sont tout simplement pas de vrais amis. La plupart. Tous. Tony est posé sur le capot d'une berline noire, vitres teintées, à la carrosserie brillante.

« Anthony ?! Alors, tu m'as pas répondu tout à l'heure, mais tu te poses sur ma caisse ?! Tu commences mal avec les supporters, toi ! T'auras besoin de nous pour la force ! Non, je rigole, ça fait plaisir de te voir détendu dans la rue comme ça. C'est rare avec les autres joueurs.

– Tu as raison, on a toujours besoin de vous. Donc, c'est ta voiture, là ? Allez, on y va ! »

Tony est assis à l'arrière du véhicule tandis que le supporter conduit.

« J'aurais pu me mettre devant.

– Je suis VTC. Comme ça, j'ai l'impression de conduire une star. Bon, après, je vais pas te mentir, t'es pas la première vedette qui monte avec moi. J'ai eu Jean-Pierre Mader une fois.

– Ah, oui ?

– Tu le connais ?!

– Peut-être, je l'ai déjà croisé, je me souviens plus.

– Le chanteur ! "Macumba, Macumba..." ! »

Tony soupire entre ses dents et aurait aimé que son pilote se taise mais il n'a pas le choix. Il n'a plus un euro en poche, ni sur sa carte, et ne sait pas du tout comment se diriger de toute façon. Depuis qu'il a 14 ans, il ne s'est jamais déplacé qu'en bus ou en voiture avec chauffeur. Même en Italie, en Angleterre ou en Turquie, il ne prenait une de ses voitures que pour aller de sa maison jusqu'au camp d'entraînement. S'il devait un jour participer à un jeu de parcours, il faudrait que le point A soit son parking et le point B un vestiaire de football ! Jusqu'à 12 ans il n'avait connu que l'enceinte de la cité et après sa vie de joueur professionnel était réglée comme l'aiguille d'une montre Flik Flak, enfin d'une Rolex plutôt.

Lui qui jouait depuis tant d'années au football ne s'était jamais demandé comment vivaient les supporters au quotidien. Est-ce qu'ils dormaient tous avec leur tenue de supporter ? Est-ce qu'un supporter devait voir son équipe gagner pour garder un équilibre psychologique ? Une femme devait-elle prier que le club que supporte son mari gagne son match pour obtenir ses performances sexuelles ?

Une femme supporter faisait-elle vivre la même chose à son conjoint ? Tony ne comprenait pas non plus ce qui motivait un supporter à dépenser tout son argent pour suivre son équipe préférée partout dans le monde. Lui qui n'avait jamais déboursé un centime pour se déplacer à un match !

« Et tu vas faire quoi à Belaire ? Voir la famille ?

– Oui, c'est ça.

– C'est pas tes parents, j'imagine. Comme tous les footballeurs, tu as mis ta mère à l'abri, hein ?!

– Et pourquoi je devrais les mettre à l'abri ? Qui m'a mis à l'abri moi ? Je voulais même pas faire du foot, moi, je voulais faire du judo. Mon père disait que ça gagnait rien, un judoka : "Au max tu feras de la politique, si tu fais une carrière ! T'as envie de cirer les pompes des gens pour obtenir un vote ? Fais du foot et on sera tous à l'abri !" J'avais 6 ans ! Qui sait ce qu'il a envie de faire à 6 ans ?! »

Un silence se fait entendre dans la voiture. Le chauffeur ne dit plus un mot. Puis d'un coup il règle son rétroviseur pour voir le regard de Tony :

« Vous êtes sérieux, là ?

– Non, je déconne. Je remercie tous les jours mon père de m'avoir poussé à m'entraîner dès mes 6 ans. Sans ça, j'aurais jamais eu cette vie. Quel kif ? Vos parents s'occupaient bien de vous, plus jeune ? C'est votre père qui vous a poussé à faire VTC ? Quand il vous voyait dans une voiture à pédales enfant, il vous disait : "Fiston, choisis : tu veux faire taxi ou VTC ? Tu veux avoir toute ta vie une licence sur le dos à rembourser ou tu préfères travailler 15 heures par jour pour toucher le SMIC ? C'est maintenant que tu dois te décider !" »

Le chauffeur lâche un gros rire nerveux :

« Vous êtes vraiment un marrant, vous ! J'aurais pas dit quand je vous voyais. Vous m'avez tué ! Et dites-moi, alors, il est comment Messi, en vrai, sur le terrain ?

– Un *hijo de puta* ! C'est comme ça qu'on l'appelle !

– Ah, les grands joueurs, c'est des monstres, c'est sûr ! J'aurais adoré faire carrière, mais quand j'ai eu 13 ans, j'ai eu une rupture des ligaments croisés.

– Pas de chance ! Et sinon, ça marche VTC alors ?

– Ben, ça permet de payer l'abonnement au Parc ! »

La voiture arrive dans Belaire. Elle traverse la cité. Tony regarde autour de lui. Rien n'a changé. Toujours les mêmes mecs sur le banc. Un peu plus vieux, c'est tout. Les mêmes pigeons dans le ciel. Les immeubles toujours pas rafraîchis. Les halls d'entrée toujours plus abîmés. Seules quelques portes sont restées intactes. La plupart ont leurs vitres cassées ou ont été tout simplement enlevées pour faciliter les allées et venues des dealers et des clients. Le chauffeur s'arrête face au numéro 113 de la rue Saint-Hilaire.

« Et c'est quand votre premier match, alors ? J'espère que cette saison, on va aller chercher la Ligue des champions ! Avec des joueurs d'expérience comme vous, on peut le faire. Vous en avez gagné combien des Champions League, vous ?

– Trois ! »

Tony claque la porte de la voiture. Il fait semblant de chercher un billet qu'il n'a pas mais le chauffeur l'arrête aussitôt :

« C'est pour moi ! C'était un plaisir. J'espère que vous allez faire une grosse saison. Et promettez-moi de me filer votre maillot du premier match. Je vous attendrai dehors, en zone libre. Je suis toujours là-bas avec mes enfants après les matchs. Profitez bien de votre famille. »

En quelques secondes à peine un petit attroupement se forme près de la voiture. Des enfants ont reconnu Tony. Ils chuchotent entre eux. Un petit Noir de moins de 10 ans fait des jongles avec son ballon en le regardant comme pour l'impressionner. Tony détourne son regard et s'engouffre dans le hall de l'immeuble, profitant qu'une dame ouvre la porte avec sa carte magnétique.

Il se souvenait que, quand il était petit, le hall puait la pisse, presque deux décennies après, il lui semble que l'odeur s'est transformée en vapeur et qu'elle a imprégné chaque mètre carré du bâtiment. Il a l'impression que les mecs du hall ont un jour fait une chaîne humaine dans le but de recouvrir chaque parcelle en vidant leur vessie. L'odeur est insoutenable. Quand il sonne à la porte numéro 4 du 1er étage, il a les yeux rougis et une larme apparaît au bord de son œil droit.

Sa mère ouvre la porte.

Tatiana ne fait pas plus de 1,55 mètre. Son visage trahit des traits de poupée que les années, la fatigue et la déception ont abîmés comme un beau livre de décoration qui a été trop ouvert. Elle porte un jogging Umbro qui a dû être à la mode il y a vingt-cinq ans. Juste avant que Guy Georges ne fasse de la marque un sponsor officiel des repris de justice.

« Ben, alors ça, je crois pas ce que je vois ! Ton agent t'a laissé sortir ?

– Salut, m'man ! Bon, je peux entrer ? Sinon je crois que cette odeur de pisse va me faire perdre la vue !

– Pendant une seconde j'ai cru que t'étais ému de me voir. J'avais oublié ton cœur de pierre.

– Je peux entrer, maman ?

– Vas-y. »

Tony s'aperçoit que rien n'a changé depuis la dernière fois qu'il est venu. La photo de mariage de ses parents, posée sur le meuble en bois du salon, à côté d'un pot de fleurs en plastique. Comme si c'était une oraison funèbre. Un tableau, qui représente un pêcheur de l'île Saint-Denis, acheté dans n'importe quel supermarché pour 1 euro, est toujours accroché fièrement sur le mur du salon. Seule la télévision à tube cathodique a laissé place à un écran plat de première gamme.

« Comme tu vois, rien n'a bougé ici, grâce à toi !

– Je suis ton fils, pas décorateur d'intérieur !

– Quel fils n'aide pas sa mère ? Je te préviens, dans le quartier ton image est pas fameuse. On a dit qu'on a coupé les ponts avec toi !

– J'ai besoin de rester quelques jours ici. »

Silence. Tatiana s'assoit dans le fauteuil et lâche la pression. Elle pleure dans ses mains.

« Comment tu as pu me laisser comme ça ? Je t'ai donné la vie !

– Arrête, maman, tu te mens à toi-même. Je suis un accident, tu le sais très bien. Une fois j'ai entendu papa en parler avec son pote Jacky. J'avais 6 ans ! J'ai demandé à papa plus tard si j'étais un accident, il m'a répondu : "Il n'y a pas d'accident au royaume de Dieu... juste des regrets !"

– Ton père rigolait.

– Arrête, maman. Il a commencé à m'apprécier quand il m'a vu dribbler les mecs du quartier. À partir de là j'étais son ticket de loto !

– Comment tu peux parler de ton père comme ça, alors qu'il n'est plus là. Tu n'es même pas venu à son enterrement !

– Je jouais un quart de finale de Ligue des champions ! Et puis j'ai envoyé des fleurs... et une pierre, non ?!

– Tu as préféré écouter un agent plutôt que ton père et ta mère !

– Si papa était resté mon agent, j'aurais fait deux ans de Ligue 1 et puis j'aurais été radié de la ligue professionnelle pour négociations illicites ! Papa gérait mes contrats comme des missions intérim !

– Tu nous as laissés crever ici ! Ton père voulait ton bien !

– À la signature de mon premier stage pro, papa est parti commander une voiture. À 11 ans, j'étais plus responsable que vous deux ! Alors je te demande juste une chose, maman, est-ce que je peux rester quelques jours ici ? »

Le bruit de la sonnette coupe leur conversation.

« Et voilà, les emmerdes commencent... Tu as rameuté tout le quartier ! »

Tatiana se lève pour aller voir à l'œilleton.

« Tony, c'est pour toi !

– Pas possible, personne ne sait que je suis là. »

Tony va voir à l'œilleton.

« Ce vieux fennec… »

Tony reconnaît tout de suite le président du club de football local où il a fait ses débuts. C'est maintenant un vieux monsieur, mais il fut une époque où, dans le quartier, il était perçu comme la promesse d'un avenir meilleur. Ses réseaux avec le milieu professionnel lui permettaient de faire venir des recruteurs pour des séances de détection secrètes, lors de rencontres départementales.

Tony ouvre la porte.

« Bonjour, monsieur le maire.

– Bonjour, Anthony ! Quel plaisir de te voir ici à Belaire. Ta mère est là ? Je voudrais la saluer.

– Elle est occupée mais je lui dirai, merci.

– Les rumeurs disaient que tu étais fâché avec ta famille et la ville. C'est incroyable le nombre d'histoires idiotes qui traversent nos oreilles, aujourd'hui. On m'a prévenu que tu étais de visite dans le quartier. J'ai sauté sur l'occasion.

– Les nouvelles vont vite ici.

– Tu sais, Belaire est un petit quartier aux faux airs de village. C'est une grande famille.

– Et parfois, même quand on a une famille, on a envie d'être adopté !

– Tu as dit quoi ? Pardon, j'ai une faiblesse auditive depuis quelque temps.

– Je disais : "Quel plaisir de rentrer !"

– Écoute, je vais aller directement au but de ma visite. Comme tu le sais l'USC Belaire est en national 3 depuis quelques années maintenant. On se classe chaque année dans les cinq premiers et on est très fiers. Je sais que tu es très attaché à ton premier club. C'est là que tout a débuté pour toi. »

Tony se souvient surtout qu'à l'époque son père avait dû faire des pieds et des mains pour obtenir la participation de son fils à un entraînement pour voir son niveau. L'équipe technique avait eu peur que Tony ne soit, comme plein de jeunes qui ont commencé le football au quartier, incapable de jouer en respectant les règles. Sa journée de test l'avait finalement révélé aux yeux de tout le staff et des autres joueurs. Il était évident que Tony avait une intelligence de jeu et un talent fou sur le terrain. Il avait alors fait l'amère expérience du changement d'attitude à son égard. Il était déjà une future star et les gens se comportaient avec lui comme tel.

« Tu as peut-être suivi la Coupe de France ?

– De très loin… »

Tony bâille discrètement et cherche un moyen de terminer cette conversation.

« On fait un très beau parcours et dans un mois on affronte l'OL, qui sont champions de France cette année. J'aimerais que tu viennes parler aux joueurs de ton expérience des grandes compétitions. »

Tony s'imagine raconter aux joueurs l'importance pour lui de relâcher la pression grâce aux escorts qu'il reçoit dans sa chambre d'hôtel.

« Je ne pense pas que j'aurai le temps, j'ai un emploi du temps chargé et je ne reste pas longtemps.

– Pas besoin de leur faire une journée entière. Quelques minutes suffiront à leur donner de la force. Ta visite serait un bonheur. Je te laisse ma carte. Tiens-moi au courant dans la journée. Je t'en serais très reconnaissant. Et puis on pourrait réfléchir à organiser cette fameuse remise des clés de la ville un jour. J'en avais parlé à ton agent il y a quelques années, il devait me faire un retour.

– D'accord, je vous tiens au courant dans la journée pour les clés et le reste.

– Merci, Anthony, oui, je te laisse. À plus tard. »

Tony referme la porte. Un soulagement de courte durée le traverse. Il se souvient qu'il n'a nulle part où aller, qu'il ne lui reste que 300 euros et qu'il est coincé ici à Belaire. Si c'était à refaire, il se dit qu'il aurait bien annulé quelques soirées de débauche où il dépensait sans compter pour investir dans l'immobilier, loin de ce trou à rat de Belaire. Seule compensation d'être là, pouvoir goûter aux bons plats de sa mère.

« Maman ? »

Tatiana sort de sa chambre.

« Il est parti le politicard ?

– Oui. Maman, est-ce que tu as un truc à manger, s'il te plaît ?

– Si tu veux que je te fasse à manger, faut que tu fasses des courses, j'ai plus rien ! Mon RSA tombe lundi prochain. »

« Faire des courses ? » La dernière fois qu'il en avait fait, c'était pour acheter sa Rolls-Royce Continental GT. Full options ! Il lui en avait coûté 188 000 euros. Même pas un mois de son salaire. Le prix d'une maison pour certains, le prix d'une vie d'économie pour d'autres, un peu d'argent de poche pour lui. Et quand sa mère lui dit qu'elle attend son RSA, il se demande ce que peut bien représenter cette somme. Le nom ne donne pas beaucoup d'espoir. RSA rime avec CFA et KFC. Tony se dit qu'il n'y a souvent que trois lettres quand on désigne un truc de pauvres ! Il a essayé de demander à sa mère où faire des courses dans le coin mais elle n'a pas daigné lui répondre. Certainement encore en train de maronner contre ce fils qu'elle juge indigne. Il décroche une casquette de la Fiorentina sur le mur. Il se dit : « Mon daron accroche au mur la casquette d'un des seuls clubs dans lequel je n'ai pas joué. Faut croire qu'il préfère Gabriel Batistuta à son propre fils ! » Il enfile la casquette et claque la porte en sortant.

En arrivant dans le hall, il voit qu'un petit groupe de jeunes s'est massé devant l'entrée pour guetter ses mouvements. Il repère la porte qui mène au parking et s'y engouffre discrètement. En longeant les box du parking qui sont pour la plupart éventrés, Tony ne peut pas s'empêcher d'avoir une pensée pour ses voitures. La vue des box lui confirme qu'il a eu raison de ne jamais venir voir sa mère avec un de ses bolides. Il aurait fait long feu.

Tony soulève la porte du parking cassée pour se faufiler en dessous. Elle bascule immédiatement. D'ailleurs, Tony ne l'avait jamais connue fonctionnelle, cette porte. Lorsque l'OPHLM l'avait fait installer, quarante-huit heures avaient suffi pour qu'elle soit forcée. Pour une fois, il trouve un point positif à la vétusté du bâtiment. Il est maintenant derrière l'immeuble et cherche où se diriger. Sur sa droite, au loin, il aperçoit une enseigne lumineuse de magasin.

En arrivant devant le supermarché, Tony croise un jeune père de famille, qui le reconnaît. Il est vêtu d'un maillot du club de Barcelone et en voyant Tony il reste un instant figé, puis d'un coup il s'écrie :

« Non ? Sérieux ? Anthony Sandero ? Tu fais quoi à Belaire ? Viens prendre une photo avec mon fils ! »

Il attrape Tony par l'épaule et lui colle son fils dans les mains. Une femme qui traîne son cabas et marche avec ses deux enfants, ou l'inverse, s'arrête pour écouter.

« C'est un truc de fou ! Souris, Lionel ! C'est Anthony Sandero. Il a joué avec Messi ! »

Son fils, qui doit avoir 7 ans, ne semble pas comprendre le message de son père mais il esquisse tout de même un sourire.

« Pourquoi t'es parti de Barcelone ? Mon frère, tu jouais avec Messi, tu prends de l'oseille, kiffe ! Pourquoi t'es parti ? C'est ça le problème avec les joueurs aujourd'hui…

– Bon, désolé, je dois y aller. »

Tony lâche le gamin et part se réfugier à l'intérieur du magasin. Il est suivi par la mère de famille et ses deux gosses. Elle s'approche de Tony et lui glisse un mot :

« Vous êtes une star du foot alors ?! C'est pour une émission de télé que vous êtes là ? »

Tony ne sait pas quoi répondre.

« J'en étais sûre. C'est en caméra cachée ? Vous allez payer toutes les courses des gens, c'est ça ?!

– Heu…

– Je le savais ! Oh, merci. On m'a toujours dit que j'étais chanceuse. Brandon, prends un grand caddie ! »

Elle donne une pièce à son fils qui court chercher un chariot.

« Merci ! C'est trop gentil ! »

Elle pousse sa fille à accélérer le pas et son fils les rejoint avec le caddie, dans lequel ils mettent tout ce qu'ils trouvent sur leur passage.

Tony les regarde partir sans avoir eu le temps d'en placer une.

Il se dirige vers la première allée alimentaire. Des pâtes et du riz lui font face. Plusieurs marques et il ne sait pas laquelle choisir. Il prend un paquet de riz micro-ondable et une boîte de sauce Basilico, qu'il met dans sa poche. Au bout du rayon il tombe de nouveau sur le père de famille qui l'a pris en photo. Il demande à son fils de jongler avec une canette devant Tony :

« T'as vu mon fils ? Il est bon, hein ?! Sur le terrain, c'est un tueur. »

Le gamin fait tomber la canette. Le père la ramasse et la relance.

« Lionel, concentre-toi, je t'ai dit quoi ? Un joueur, c'est dans la tête ! »

Tony est de plus en plus gêné, surtout qu'un groupe de clients les entoure maintenant par curiosité. Il tente de s'éloigner.

« Désolé, je dois… »

Le gamin fait de nouveau tomber la canette en jonglant, ce qui énerve son père qui perd son sang-froid :

« Oh, Lionel ! Tu fais n'importe quoi ! Concentre-toi, je t'ai dit ! C'est parce que c'est pas un ballon. Il y a pas de ballon de foot dans ce foutu magasin ! »

Tony les laisse :

« Bonne soirée. »

Il entend le père qui gueule contre son fils :

« Tu viens de rater une séance de détection, là ! Il aurait peut-être pu te choper un essai dans un centre de formation. »

Tony soupire. Il repère la mère de l'ado avec son caddie à ras bord. Il y a même une télévision. Son fils la suit avec une machine à laver qu'il pousse de toutes ses forces. Tony se précipite pour chercher où payer dans le but de partir le plus vite possible de cet enfer.

Il y a deux caisses. L'une d'elles porte le nom de « rapido » avec des paiements automatiques. Une file d'attente n'en finit pas et l'autre semble moins longue. Au moment où Tony arrive pour faire la queue, une femme vient prendre la relève du caissier qui finit sa journée et ferme son enregistreuse.

« Salut, Vi ! Bon courage. Moi, je me tire !

– OK, Kamel, *salve*[1] ! »

Tony la reconnaît tout de suite. Quand ils avaient 12 ans, elle l'avait déjà frappé en plein cœur. Virginia Medici, fille à double danger puisque d'origine italienne par sa mère et corse par son père. Elle a la démarche sûre et s'assoit devant sa caisse comme si elle s'apprête à chanter une chanson. Elle a de longs cheveux noirs bouclés et de grandes créoles aux oreilles. Une bouche en cœur et un regard vert émeraude. Le genre de femme qui donne du style à son gilet de

1. « Salut » en italien.

supermarché aux couleurs criardes. Si on dit l'homme fait la voiture, Virginia, elle, fait le magasin. D'un coup le supermarché glauque à l'ambiance grisâtre devient un lounge terrasse avec vue sur le Ponte Vecchio de Florence.

« Vivi ? »

Tony s'est lancé sans réfléchir. Il n'a pas pris toute la mesure du temps qui passe mais qui n'efface pas forcément les erreurs. Il a un flash de toute leur histoire. Les premiers regards échangés discrètement dans la cour de la cité. Les premiers mots d'amour écrits sur des bouts de papier au collège Robespierre. La fin des cours qui devenait une longue promenade, jusqu'à transformer quelques mètres en kilomètres pour gagner du temps ensemble. Plus tard, bien plus tard, les couchers de soleil sur le toit de la cité, lieu de leur premier baiser. Puis le changement quand la carrière de Tony a commencé. Les lettres, quand il était en centre de formation, ont laissé la place aux SMS. Puis le succès, l'argent et enfin l'oubli. On oublie de répondre à un texto, puis on oublie qu'on est en couple, on oublie qu'on aime, on oublie qu'on a aimé. Pour elle, la déception, la rancune, puis les insultes. Pour lui, l'argent, les voyages et les filles. Virginia n'était plus qu'un vague souvenir d'adolescence. Le temps était passé. Maintenant ils se retrouvent là, à quelques pas l'un de l'autre. Il la trouve tellement belle.

« Nique ta mère de là, connard ! Qu'est-ce que tu fous ici ?! Barre-toi ! »

Tony sursaute.

« Attends, Vivi, laisse-moi…

– Je te jure, baltringue, si tu te casses pas tout de suite d'ici je vais faire une "dinguerie" ! Sors d'ici, tu n'as rien à faire là ! »

Tony sort précipitamment du magasin, pressé par l'agent de sécurité qui l'aide à se frayer un chemin au milieu des caisses. Au même moment, la mère de famille avec son caddie rempli arrive au niveau des caisses.

« Il va où, là ? Il a déjà payé toutes les courses ? »

Après toutes ces années, Virginia n'a toujours pas digéré son comportement. Tony l'avait quittée sans un message, sans un appel. Il avait 20 ans, venait de signer à l'Inter de Milan et ne touchait plus terre. Il l'avait « ghostée » tout simplement. Il avait disparu de la surface des réseaux pour elle. Lâcheté qui lui avait permis d'éviter à l'époque les cris et les questions. Il ne s'était occupé que de son propre confort et avait décidé de mettre un terme à sa relation avec elle comme n'importe quel forfait de téléphone.

Mais aujourd'hui, en la voyant, il a beau être la cible du tempérament de feu de Virginia, Tony ne peut s'empêcher de la trouver canon. Pourtant, il n'a pas l'habitude qu'on le rejette quand il fait un sourire. Ce caractère, cette sauvagerie, cette force qu'elle a la rendaient inestimable à ses yeux ! Cela fait des années qu'il ne fréquente plus que des femmes qu'il doit payer. Si ce n'est explicitement de l'argent, ces femmes lui demandent de les entretenir en leur offrant des cadeaux, des voyages, des voitures, parfois même des appartements, ou même de la visibilité publique. Virginia était pourtant là bien avant les autres, et elle n'avait jamais pu bénéficier des facilités de sa vie à lui. Et si tout ce qui lui arrivait depuis quarante-huit heures était le fruit du destin qui l'a ramené à Belaire pour réparer son erreur du passé ? Mais oui, cela ne pouvait être que ça. Le destin qui l'a tant gâté professionnellement ne peut pas reprendre tout comme ça. Il y a forcément une raison à tout ça. Le destin lui offre aujourd'hui la possibilité de retrouver l'amour, le vrai. Et dans quelques jours, il sera de nouveau riche et apaisé.

Ce n'est qu'au bout d'une milliseconde que Tony se rend compte qu'il vient de recevoir une bouteille d'eau en plastique en pleine tête. Virginia l'a suivi dehors pour finir ce qu'elle a commencé.

« Faux mec que tu es ! Tu n'as pas de face de venir ici !

– Attends, Virginia, calme-toi !

– Je suis calme. Si je l'étais pas, je t'aurais brûlé avec ma gazeuse.

– Je suis venu pour te parler...

– Me parler ? Comme il y a huit ans ? Quand tu m'as bloquée de ton téléphone ? Tu n'as pas de couilles ! Tu ne mérites même pas que je te regarde ! »

Virginia fait mine de s'en aller. L'agent de sécurité qui fait le tampon tant bien que mal est en sueur. Il reprend sa respiration mais Tony ne recule pas.

« Je te demande pardon. J'ai fait une erreur et je suis venu ici pour la réparer. »

Virginia attrape une bouteille de pinard et fait demi-tour pour charger de nouveau en direction de Tony :

« Mais c'est pas possible, t'es devenu handicapé ou quoi ? Tu vas réparer quoi, toi ? Tu te crois dans un garage ? »

L'agent de sécurité n'en peut plus.

« S'il vous plaît, monsieur, vous voyez bien qu'elle ne veut plus vous parler. »

Mais Tony ne semble pas prendre la mesure du taux d'irritation de Virginia. Il est aveuglé :

« S'il te plaît, j'aimerais t'inviter à dîner. Je te demande juste un tête-à-tête… »

Virginia le menace en levant sa main :

« Tu vas faire un tête-à-tête avec cette bouteille !

– J'étais un connard, c'est vrai. Mais j'étais perdu. Mes histoires avec mon père, ma famille. Je ne savais plus à qui faire confiance…

– Confiance de quoi ? Je m'en foutais de ton argent… Je ne veux pas te parler. Je me suis affichée, là. Vas-y, bouge ! »

L'agent de sécurité éloigne un peu Virginia et se retourne vers Tony :

« Monsieur, partez maintenant !

– S'il te plaît, Virginia. On va juste dîner ensemble et après je te laisse. »

Virginia lui fait un doigt d'honneur et retourne prendre sa place à la caisse. Les clients, postés devant la baie vitrée, regardent la scène. En voyant arriver Virginia, ils reprennent leur place dans la queue. Tony vérifie les horaires du magasin sur la pancarte à l'entrée du parking. Il viendra la chercher à la fermeture dans deux heures. Il se dirige vers son bâtiment.

En marchant, il se rend compte qu'il a dans sa poche le riz et la sauce qu'il comptait acheter. Il traverse un petit parc d'enfants et croise un groupe d'hommes assis sur une table extérieure avec des bancs en bois. Deux mecs se roulent un joint, un troisième se tient debout sur la table, parlant au téléphone, et un quatrième, capuche sur la tête, fait face aux autres. L'un des rouleurs de joint s'écrie :

« Wesh, le footeux, ça dit quoi ? »

L'homme à capuche se retourne aussitôt.

« Tony ?

– Salut, les gars.

– Alors, on vient se ressourcer ?

– Ouais, ouais.

– Ben, viens t'asseoir.

– Je suis en retard.

– Pas de ça avec nous, frangin. Pose tes fesses. T'es à la maison. »

Le ton est sympathiquement ferme. Tony se pose sur le banc.

« Alors, dis-nous, c'est comment ?

– Quoi ?

– D'être millionnaire !

– Nous, on fait un peu d'oseille, tu connais, mais bon, c'est pas les mêmes contrats, hein ?! »

Le groupe se solidarise et s'auto-complimente. Tony les regarde faire leur cinéma.

« Tu joues où maintenant, j'ai pas suivi le foot cette année ? »

L'un des fumeurs de joint prend la parole :

« Il joue en Turquie pour une des équipes d'Ankara. Ankourou, Ankari ou un truc du genre. »

Tony ne peut pas lui en vouloir, il n'a jamais réussi lui non plus à citer le nom de son équipe correctement.

« Voilà, oui, c'est ça. Je jouais là-bas mais là... »

Tony hésite à entrer dans les détails :

« Je change de club.

– Ah ouais ?! Tu vas jouer où ?

– L'Angleterre, c'est le meilleur championnat ! Va là-bas. Tu y as déjà joué ? »

Le fumeur fait tourner son joint et répond pour Tony :

« Il était numéro 11 à Manchester. Saison 2012. Un des meilleurs récupérateurs de la saison.

– Wesh, t'as bossé à *L'Équipe du dimanche*, toi ?!

– Le football, c'est la vie !

– Le football a été inventé par les riches pour que les pauvres puissent avoir l'impression qu'ils pourraient être comme eux.

– Pour moi, c'est le meilleur sport de la planète. Tu as juste besoin d'un ballon.

– Ben, dans ce cas-là, la boxe, c'est le meilleur sport de la Terre. T'as juste besoin de ta tête pour te manger des poings !

– Et t'en penses quoi, toi, Sandero ?

– Mais bien sûr qu'il est d'accord. Le foot, c'est sa vie, il kiffe forcément !

– Quand tu arrives à un certain stade, c'est plus un jeu. Alors tu dis quoi, Sandero ? »

Tony ne les écoute même pas. Il n'a qu'une envie, c'est de prendre une douche et se préparer pour aller revoir Virginia.

« Ben, oui... »

Un coup de klaxon les coupe. Une voiture s'est arrêtée à quelques centaines de mètres d'eux pour les interpeller.

Tony reconnaît l'homme au volant. C'est Morade, son ami d'enfance qu'il n'a plus vu depuis des années. Sourire carnassier, cheveux gominés à la cire et le teint uvéisé qui vire à l'orange. Quand Morade descend de la voiture pour se diriger vers eux, Tony soupire. Morade est une bête physiquement. Plus de 1,90 mètre avec des mains faites pour poser des plats. Morade fait un pas en arrière dès qu'il aperçoit Tony :

« Téma le revenant ! La vie de ma mère, je pensais pas qu'on te reverrait un jour ici, même pour un documentaire sur ta vie. Je me suis dit, obligé il va modifier sa vie et filmer une autre cité. Ou même payer un décorateur pour reproduire le quartier ailleurs. Jamais il aura les couilles de revenir ici.

– Salut, Morade.

– Morade ? Avant tu m'appelais frangin, frérot, cousin, ma gueule, ma couille. Un mec qui va te la mettre à l'envers, il cherche toujours à créer un lien familial avant de te la mettre.

– Bon, moi, je vais vous laisser.

– Où tu pars ? T'es là, on parle. D'habitude, t'aimes bien les un contre un sur le terrain. Là, il n'y a pas de ballon mais c'est pareil.

– Écoute, c'est bon, on s'est pas vus depuis dix ans…

– Et alors ? Regarde autour de toi. Le temps s'est arrêté ici, mecton. Rien n'a changé. La haine est toujours là !

– Écoute, tu connais le milieu du foot, c'est compliqué…

– T'es une banane, toi. Tout est faux chez toi. Même sur le terrain j'ai vu, tu fais semblant. Tu t'en bats les couilles !

– J'ai tout fait pour t'emmener avec moi…

– Tu disais : "T'es mon agent, Morade, tu vas gérer mes contrats. Je vais te payer une formation. On est ensemble." Dès que t'étais en galère, tu m'envoyais au casse-pipe régler tes histoires avec tes meufs. Quand il y en a une qui voulait te faire chanter, qui a réglé le truc ? Quand tu as eu un problème avec ton premier agent, qui est allé le menacer pour te sauver les fesses ?

– Bon, écoute, je dois y aller, si tu veux, on en reparle.

– Tu as cru que tu étais avec ta secrétaire, là ? »

La tension est palpable. Morade a le nez collé sur la tête de Tony. Son sourire a disparu. Même son teint paraît plus sombre. Il a les yeux noirs de la rancune tenace. Tony peut voir dans ses yeux le futur. Son corps au sol qui pisse le sang par le nez. Les trois hommes qui étaient là avant se sont déjà éloignés un peu. D'un seul coup une sirène de police se fait entendre. La voiture monte sur le trottoir et s'arrête au niveau de Morade et Tony. Morade relâche la pression. Il remet son sourire de façade. Le policier passager baisse la vitre :

« Il y a un problème, Morade ?

– Non, brigadier, il y a aucun souci. On discute entre amis. »

L'agent regarde Tony :

« C'est vrai, monsieur ? »

Tony profite de l'occasion pour s'extirper :

« Oui, merci. C'était cool de vous revoir, les gars. On se capte plus tard. »

Il commence à s'éloigner tout en saluant tout le monde. Morade le regarde partir du coin de l'œil.

« Alors, Morade, c'est sûr que t'as rien sur toi ou je te fouille ?

– Je suis clean, brigadier. Je sors de la mosquée.

– Mosquée, c'est un nom de code pour dire "fumer le tapis" ? »

Le policier se marre avec ses collègues. Morade enrage mais garde son sang-froid. Tony est déjà loin.

Tony se faufile en vitesse dans l'entrée du parking et court pour aller prendre l'ascenseur. Il est en sueur et sent qu'il est passé à côté de la correction. Pour lui, il est clair qu'il ne pourra pas séjourner trop longtemps dans le quartier. Surtout que tout le monde sait où sa mère habite.

Il passe la porte. Il entend sa mère qui sort de la salle de bains :

« C'est bon, tu as fait les courses ?

– J'ai pris du riz et de la sauce. »

Tony pose le paquet et la boîte sur le plan de travail de la cuisine. Il retire ses chaussures et commence à se déshabiller dans le couloir.

« Qu'est-ce que tu fais ? T'es pas dans un vestiaire ici, c'est un appartement !

– Il faut que je prenne une douche, je ressors après.

– Tu ne manges pas avec moi ?

– Pas ce soir. Demain, promis, on mange ensemble. Dis-moi, maman, tu as une voiture ?

– Juste la Mercedes que tu nous as offerte.

– Super !

– Sauf que tu ne nous as offert aucune Mercedes ! J'ai une 307.

– OK, je te l'emprunte et je te la ramène.

– Prends-en soin, c'est la seule chose qui m'appartient vraiment. »

Tony s'est douché et changé comme il a pu. Son sac ne contient qu'un jean et un T-shirt blanc. Le temps estival lui permet d'éviter de mettre une veste. Il ne se sent pas à son maximum. Heureusement il a pensé à mettre son parfum dans son sac. Pas n'importe lequel. Un Yves Saint Laurent collection privée, valeur 650 euros le flacon de 150 millilitres, qui a sûrement la même odeur qu'un autre vendu à 60 euros ! Mais parfois une dénomination suffit à se sentir plus grand et surtout plus puissant. Tony arrive dans le parking et cherche la voiture de sa mère. Une 307 sur la place de parking 103. Elle est figée comme quelqu'un qui attend depuis des millénaires. La poussière s'est emparée de la carrosserie, et ce qui a dû être à une époque une voiture moderne et propre donne aujourd'hui l'impression d'avoir échoué à tous les niveaux de l'échelle sociale, que ça soit affectif ou professionnel. Quelques gamins ont incrusté des dessins poétiques sur les vitres du véhicule. On peut imaginer une tête, un crocodile ou un pénis, voire les trois à la fois. Un crocodile à tête de pénis issu de l'imagination débordante d'un esprit jovial et maléfique. Tony cherche à ouvrir la portière mais la voiture reste fermée. Il lui faut pas moins de deux longues minutes pour se souvenir que toutes les voitures ne s'ouvrent pas par clé connectée. Il faut utiliser la serrure. Il s'installe au volant. Et essaie d'y faire un rapide ménage. Il remarque de suite que le siège est réglé sur une taille bien plus grande que la sienne. Ce qui laisse penser que son père est la dernière personne à avoir conduit cette voiture. Il y a longtemps. Le bruit du moteur encrassé confirme une longue absence d'utilisation. Mais elle démarre et elle roule, ce qui est pour Tony une grande satisfaction. Il se rend compte qu'il n'a jamais conduit de simple voiture fonctionnelle. Il n'a eu entre les mains que des bolides suréquipés et façonnés pour être remarqués par les badauds qui le croisaient dans la rue. Le siège en tissu lui gratte le dos et le gêne. L'odeur de vieux plastique lui rappelle les cars « Chambon Gros » qu'il prenait pour les sorties à l'école primaire. Une odeur forte qui lui donne mal au cœur. Il ouvre en grand les fenêtres pour tenter d'aérer l'habitacle. Il est tellement motivé pour tenter de séduire Virginia qu'il en oublie tout le reste. Sa ruine financière, ses échecs sportifs, son avenir incertain, ses relations avec sa mère, la menace de son ancien ami d'enfance. Rien ne pourrait le stopper dans sa quête. En sortant du parking il jette un œil rapide sur l'entrée de l'immeuble. Il voit que le groupe de jeunes qui faisait le pied de grue devant pour tenter de l'apercevoir est toujours là. Il y a aussi Morade dans sa voiture qui rumine. Tony contourne ce petit monde. Il est 20 h 50. Il ne reste que quelques minutes avant que Virginia ne finisse son travail au supermarché. Il croise la voiture de police qui continue de patrouiller dans la cité.

Tony réfléchit à la bonne technique pour remettre Virginia dans son camp. Il faut jouer stratégique. Dans sa tête il se sent reboosté parce que c'est un match décisif pour son avenir. Une tactique en 4.4.2 serait parfaite :

« Quatre excuses, quatre mots doux et deux signes de tristesse à jouer. Virginia est une femme de caractère mais qui a du cœur. Si je frôle le cœur, je marque des points ! »

Tony semble relancé par ce défi. Depuis quarante-huit heures, il encaisse les événements comme une équipe de fin de classement les buts, mais là, il a la possibilité de faire une remontada de légende. Il arrive devant le supermarché et peut voir Virginia à travers la baie vitrée. Elle est souriante. Elle rigole avec une de ses collègues en fermant sa caisse. Il ne rate pas une seconde du spectacle jusqu'à la voir disparaître sous le rideau de fer que baisse l'agent de sécurité. Tony sort du véhicule après s'être regardé une dernière fois dans le rétroviseur, puis cherche la porte de service.

Quand Virginia se retrouve face à Tony, elle s'arrête net. Sa collègue lui demande si elle veut qu'elle reste mais elle ne dit rien. La caissière prend cela pour un non et les laisse planter là. L'agent de sécurité, en les voyant tous les deux, tourne vite la tête et prend la tangente. Il ne reste plus qu'eux deux à l'arrière du supermarché. D'un coup Virginia sourit. Tony fait de même et ils lâchent un gros rire complice. Tony prend confiance et se rapproche d'elle en souriant. Dès qu'il arrive à sa portée, elle le gifle, ce qui lui laisse un écho dans l'oreille pendant une bonne minute. Tony se redresse. Elle va pour lui en remettre une mais il maîtrise ses bras.

« OK, je l'ai mérité, il n'y a pas de problème, mais s'il te plaît, laisse-moi une chance de m'expliquer. Viens manger avec moi. »

Elle sourit de nouveau. Elle sort son portable de sa poche et envoie un texto.

« OK, on y va. J'ai faim. »

Il a réussi la première manche. Le vent tourne enfin dans cette maudite journée. Virginia représente pour Tony l'amour, le pardon, bref, une résurrection. Même le parfum de ses cheveux bouclés envahit l'intérieur du véhicule et le rend plus confortable. Cette seconde mi-temps s'annonce corsée mais Tony a l'habitude des grandes rencontres. Il n'a plus de pression. Il maîtrise son souffle et se sent en confiance avec elle. Il est encore plus sûr maintenant qu'il veut passer sa vie auprès de cette fille. Il veut se marier, lui faire des enfants. Il faut juste gagner ce match.

Dix minutes plus tard, Tony se sent moins confiant. Il n'avait pas pu préparer cette soirée. Il aurait voulu emmener Virginia dans un bon restaurant mais il ne voit que des enseignes lumineuses grossières sur son chemin. Même aux abords de la ville, il n'y a que des sandwicheries. Il y a encore quelques heures, il aurait pu lui improviser une soirée digne d'un conte de fées. Il l'aurait emmenée se changer chez un grand couturier des Champs-Élysées. Ils se seraient envolés en jet privé pour Monaco, il aurait demandé à Joël Robuchon de leur préparer une belle table et lui en aurait mis plein la vue. Cendrillon de Belaire. Mais là, il est perdu. Il a du mal à débrayer avec la boîte de vitesses, il ne reconnaît pas les lieux. Virginia finit par briser le silence :

« Prends à droite et au bout à gauche, on pourra se poser. »
Effectivement, ils arrivent devant un restaurant qui fait tout pour crédibiliser son appellation *cuisine italienne*. Le nom *ristorante* sonne comme une faute d'orthographe. À l'entrée, un grand drapeau mal positionné fait penser que quelqu'un force ses origines. Le patron qui ouvre la porte confirme tout le mal que pense Tony :
« *Buenas tardes !* Soyez les bienvenus. Pour deux ? »
Tony ne peut s'empêcher de lâcher un petit rire nerveux en écoutant le patron.
« C'est pas plutôt *buona sera* en Italie ?
– Mes parents sont près de la frontière espagnole. Vous voulez manger en terrasse ? »
Tony jette un œil sur les tables posées à l'extérieur avec un parasol vantant les mérites d'une boisson aux pouvoirs diurétiques. Les deux tables sur le trottoir ont une vue imprenable sur le carrefour crasseux à la sortie de la ville.
« On va se mettre à l'intérieur, c'est mieux pour respirer, merci. »
Tony laisse Virginia suivre le maître des lieux qui ouvre la marche. Deux autres tables sont occupées. Un petit couple de vieux qui n'ont pas dû se parler depuis la dernière fois que l'OM a remporté la Ligue des champions. Tony se dit que ni l'un ni l'autre ne doivent se rappeler le prénom de son conjoint. Dans le fond de la salle, un groupe de quatre copines fête un anniversaire. Deux des filles reconnaissent immédiatement Tony. Elles sont tout excitées. Elles chuchotent à l'oreille l'une de l'autre. Virginia se tourne vers elles et leur lance un regard noir :

« Hey, les crasseuses, ça serait bien qu'on sorte du resto sans se noyer dans vos vagins qui mouillent !

– Qu'est-ce qu'elle a dit ? »

Une des filles ne compte pas se laisser faire et se lève de sa chaise aussitôt en levant un doigt vers Virginia. Mais sa copine lui conseille de se rasseoir. Elle la met en garde :

« Laisse, c'est une folle, elle habite dans ma cité. Au lycée, elle a brûlé les cheveux d'une fille qui la regardait de travers. »

Tony veut aider Virginia à s'asseoir mais elle refuse et lui fait signe de se poser rapidement. Il s'exécute puis cherche à allumer une bougie sur la table.

Ils sont maintenant assis l'un en face de l'autre. Virginia regarde fixement Tony. Ses lèvres pulpeuses sont désormais détendues. Ses mains posées délicatement sur la table. On dirait que ses grands yeux clairs veulent passer au travers de son corps. Le transpercer pour le couper en deux et le laisser pour mort. En tout cas, c'est le sentiment qu'il a. Il brise la glace en appelant le patron :

« S'il vous plaît, mettez-nous votre meilleur champagne et une bouteille de chianti. C'est possible ? »

Le patron du restaurant fait oui de la tête après leur avoir donné les menus. Tony rit de nouveau nerveusement en lisant le prix des plats. Une entrée à 6 euros, un plat à 12 euros. Un menu complet entrée-plat-dessert à 22 euros. Il ne peut s'empêcher de partager ses pensées avec Virginia :

« Tu as vu les prix ? Je croyais que c'étaient les temps de préparation ! »

Il se marre tout seul. Virginia lève les yeux de son menu pour lui jeter un regard bref, puis elle le pose sur la table.

« Tu sais ce que tu veux ? C'est bon ?

– Ne plus te voir du tout mais c'est pas sur la carte !

– Pour ça, il ne faut pas commander, il faut appeler la police. »

De nouveau il se gondole de sa vanne sans déclencher ne serait-ce qu'un clignement d'œil chez Virginia.

« Bon, alors, tu voulais me dire quoi ? »

Le patron entend tout en rapportant le seau à champagne et la bouteille de vin rouge. Il ouvre la bouteille comme un professionnel et fait un grand geste évasif d'œnologue low cost pour impressionner les clients. Sans succès. Tony soupire. Le patron le sert. Tony descend cul sec sa flûte et fait signe au patron d'ouvrir la bouteille de vin blanc. Virginia boit vite et demande à Tony de la resservir. Il pense voir enfin le premier signe de tendresse à son égard.

« J'étais tellement content de te revoir tout à l'heure, tu sais ?! Je n'ai rien oublié de ce qu'on a vécu. Je n'ai jamais connu une autre histoire comme ça.

– C'est sûr que les sentiments, ça ne s'achète pas !

– J'ai longtemps regretté la fin de notre relation.

– Tu m'as larguée il y a des années dans des conditions dignes d'un tocard. Que tu es d'ailleurs ! »

Tony la trouve de plus en plus sexy. Cette fois il ne voit pas d'autre alternative à sa soirée que de finir chez elle dans son lit. Il trinque pour s'adresser à elle :

« J'ai changé, Vivi. Je ne suis plus le même. C'est pour ça que je suis revenu ici. Pour toi ! »

Virginia reprend le verre de champagne posé devant elle. Elle fixe Tony dans les yeux :

« Est-ce que tu es vraiment sincère, Tony ? Je veux dire, est-ce que tu penses ce que tu dis ?

– Oui.

– Vraiment ?! C'est la première fois que tu dis ça à une femme, ou alors tu l'as déjà mise à quelqu'un, cette disquette ?

– Je te jure, Vivi, je suis différent avec toi. Tu fais ressortir le meilleur de moi-même. »

Virginia vide le verre de champagne. Une fois terminé, elle enchaîne avec le verre de vin.

« Je ne savais pas que tu aimais le champagne et le vin comme ça. J'avais une cave à vin dans mon loft à Londres avec un lot de bouteilles grand cru de… »

Elle le coupe net :

« Tu sais, Tony…

– Quoi ?

– Je ne bois jamais. C'est pas recommandé pour moi à ce qu'il paraît.

– Je ne comprends pas ! »

Elle se rapproche de la bouche de Tony.

« Viens voir. »

Elle a maintenant son visage collé au sien. Ses lèvres frôlent son souffle.

« Quand je bois, Tony, je fais des choses… folles. »

Tony n'écoute plus. Il pose ses lèvres sur les siennes. Un homme entre dans le restaurant. Il a une barbe épaisse et la carrure d'un vigile de boîte de nuit. Il porte un T-shirt blanc moulant avec des strass et des paillettes avec écrit en gros « Philipp Plein ». Il fait gonfler ses pecs comme s'il était en période d'allaitement. On voit ressortir les veines le long de ses tempes sur son visage.

« Vivi ? »

Le colosse regarde Virginia et Tony s'embrasser. Il remarque les bouteilles de vin et de champagne.

« Tu as bu ? »

Virginia interrompt le baiser. Ses yeux sont embués. Elle est complètement saoule. Après seulement deux verres.

« C'est quoi ce texto que tu m'as envoyé ? C'est qui lui ? »

Virginia se redresse sur sa chaise.

« Tu ne sais pas lire, Ercan ? Je te l'ai dit ! Je te présente Tony, mon amour d'enfance. Il est venu me chercher. On va se marier ! »

Ercan voit rouge. Ses yeux donnent l'impression qu'ils vont sortir de leurs orbites.

« Nom de Dieu, je vais le tuer ! »

Tony se lève de sa chaise.

« Attends, il y a un malentendu là, je ne savais pas que tu étais en couple !

– Espèce de lâche, maintenant quc tu lc vois, tu fais marche arrière ?! Dans la voiture, tu m'as fait l'amour en me disant "T'en fais pas, je vais gérer". »

Ercan attrape un couteau sur la table et se dirige vers Tony.

« Stop, je ne l'ai jamais touchée… »

Ercan pose son couteau et jette une table en direction de Tony.

Une bougie vole sur les rideaux. Ils prennent feu.

La table finit sa course contre la paroi vitrée du restaurant qui se brise.

Une ligne de feu empêche Ercan de pouvoir approcher de Tony et Virginia. Le patron essaie d'éteindre les flammes, mais désormais tout brûle dans le restaurant.

Virginia fixe l'incendie et elle est prise d'un rire sardonique qui surprend les gens autour.

Ercan crie dans leur direction.

Tony attrape Virginia par la main :

« Mais pourquoi t'es venue si tu as un mec ?

– Pourquoi ? Mais juste pour t'humilier comme tu l'as fait il y a huit ans. Pour que je te redonne une chance, faudrait que je perde connaissance et que je me réveille amnésique. Parce que moi, je te connais. Je te connais mieux que toi-même. Tu es égoïste et tu dois être une des rares personnes que l'argent a réussi à enlaidir. T'es moche, et moi, je suis canon. Je suis peut-être pas une star et millionnaire mais je suis retournée à la fac à 25 ans et je viens d'avoir mon master d'enseignement. Je vais être institutrice. Toi, le seul métier que tu aurais pu faire là avec tes diplômes, c'est livreur Uber Eats ! J'espère qu'il va t'éclater la tête sur le trottoir ! »

Ercan se rapproche.

Tony tire la nappe pour protéger sa main et passe au travers de la baie vitrée pour se retrouver dans la rue. Il court jusqu'à sa voiture, monte et démarre. Il voit dans le rétroviseur Ercan qui sort du restaurant et Virginia qui rit toujours. Ercan monte dans son véhicule et part à la poursuite de Tony, qui n'arrive plus trop à se repérer. Il est vraiment perdu. Tous les immeubles se ressemblent et il commence à imaginer Belaire comme un cercueil géant. Au détour d'une rue, il reconnaît un bloc de bâtiments sur lesquels sont dessinés des violons, des guitares, des contrebasses. C'est le *quartier des musiciens*. Il s'engouffre dans le dédale de rues qui longent la cité. Mais Ercan fait son retour dans le rétroviseur. Tony accélère mais il perd le contrôle de son véhicule et s'encastre dans un camion immobilisé sur la voie. Son airbag se déclenche et lui frappe le visage et le sternum de plein fouet. Il suffoque mais trouve le moyen de s'extirper de la voiture accidentée. Il rampe sur le sol. Il vomit. Il se met sur le dos et voit trois policiers au-dessus de lui qui le braquent :

« Il a bousillé le cul du camion, ce connard !

– Espèce de branquignol, tu peux pas conduire tranquillement ?!

– Je te jure, je vais me le faire, ce pouilleux !

– Arrête, regarde, ils sont en train de filmer ! »

Un groupe de jeunes entoure désormais les policiers et Tony. Ils brandissent leurs téléphones portables comme des armes et filment :

« On va envoyer la vidéo à BFM, vous allez voir, flics de merde ! »

Le brigadier-chef aide Tony à se relever. L'un des jeunes le reconnaît.

« Téma, c'est Sandero ! La vie de ma mère, c'est le joueur de foot Anthony Sandero !

– Mais t'es malade, toi ! Il est millionnaire, Sandero, tu crois qu'y roule en Peugeot ?! Vas-y, remballe-toi !

– C'est lui, je te dis ! »

Tony est maintenant debout et toujours un peu dans les vapes. Son genou lui fait mal. Il n'arrive pas à tenir debout tout seul. Il se maintient contre la portière de la voiture. L'un des policiers essaie de faire reculer les jeunes en les menaçant avec sa gazeuse. Un autre se positionne, main sur le holster, pour impressionner quiconque s'approche de trop près. Le brigadier-chef sort des menottes. Tony regarde autour de lui. Au loin il voit une affiche géante sur laquelle des joueurs du PSG font la promotion d'une association pour les enfants maltraités. Il fait un doigt en direction de la pancarte. Tout le monde le filme. Il s'écrie :

« Je vous emmerde. Tous. Vous savez qui je suis, bande de misérables ?! Anthony Sandero ! J'ai gagné deux Ligues des champions, j'ai joué avec Ronaldo, Messi, j'ai été sélectionné 82 fois en équipe de France, j'ai été le meilleur avant-centre français. La vie de ma mère, mais regardez-moi ce quartier de miséreux ! J'aurais pu racheter la ville en un week-end avec mon salaire ! Même la police, je vous aurais achetés ! Regardez-moi tous ces rageux ! Vas-y, filmez ! Filmez ! Vous verrez jamais le succès d'aussi près ! Putain, mais regardez-vous... Allez-y, dites mon nom... Vous bandez tous sur moi ! Embarquez la star, c'est le plus beau jour de votre vie. C'est le seul truc bien qu'il y aura eu dans votre vie que vous pourrez un jour raconter à vos gosses ! »

En sortant ses menottes pour attacher les mains de Tony, le policier déclare :

« Tu sais, Dieu pourrait bien revenir sur Terre aujourd'hui, eh bien, s'il portait un gilet jaune, il recevrait quand même un flash-ball en pleine gueule ! »

# OMAR

*Madame, je n'suis pas riche, j'suis juste un pauvre qui a de l'argent*

Lacrim

## 22 décembre 2012

1.

Les gens qui commandent au McDo sont toujours pareils. Ce sont les mêmes menus depuis la nuit du premier Big Mac et ils regardent les photos comme s'ils allaient découvrir un secret enfoui quelque part. Tu as jamais remarqué ? Tous les clients du McDo ressemblent à des touristes. Le pire, c'est quand ils viennent à deux. T'en as toujours un qui regarde l'autre avant de se décider, comme s'il cherchait à valider son envie ou du réconfort. Ils me saoulent ! Parfois je me vois en train de les envoyer chier sévère :

« Bonjour, je voudrais...

– Tu vas me dire que t'es entré sans savoir ce que tu voulais manger ?! Arrête tes conneries ! Pas de ça avec moi. Le McDo, ça fait une heure que tu y penses. Ça fait une heure que tu as l'odeur en toi. On est les TF1 de la bouffe. Eux, ils offrent du temps de cerveau disponible, nous, on en dispose quand tu viens ici, et on le mord fort pour que tu nous aies dans la peau à vie ! Tu as aimé une fois, tu aimeras toujours ! Même si un jour tu n'en veux plus, que tu t'es rendu compte qu'on te vendait du poison, eh bien, on va revenir hanter ton estomac. Tes yeux vont créer le sandwich en 3D et tu ne penseras plus qu'à ça jusqu'à ce que je te l'aie déposé sur un plateau ou dans un sac de papier ! Tu sais très bien ce que tu veux. T'es comme un mec qui trompe sa femme et qui fait genre qu'il a été dépassé par les événements. Te fous pas de ma gueule ! Tu as pensé qu'à ça et à quelques minutes de passer à l'action, tu commences à culpabiliser, tu réfléchis, tu bégaies. Mais au final tu vas passer à table ! »

Je les supporte plus. Je ne supporte plus l'odeur des sandwichs, je ne supporte plus l'odeur des serviettes en papier, qui font penser à du PQ qu'on aurait modifié. Je ne peux plus voir cet endroit, mais je suis obligé de rester. Je suis passé « manager », mon frère. Chef d'équipe, sa mère. Ce boulot claqué, c'est une couverture, je fais semblant d'être l'employé parfait et tout le monde tombe dans le panneau ! Non seulement on vend de la merde mais on est dirigés par des gens merdiques, incapables de bien choisir leurs employés. Vous croyez vraiment qu'il y a quelqu'un qui aspire à faire carrière chez vous ? On veut un salaire, c'est tout ! Quand tu fais carrière chez McDo, c'est qu'à un moment donné il y a eu un problème. Il y a eu un bug dans ta vie si à 50 ans tu travailles au McDo ! C'est comme si à 50 ans tu étais encore animateur BAFA dans un centre de loisirs, c'est pas possible ! À 50 piges tu fais pas des gommettes et des fresques en crayola, ou alors c'est que tu kiffes les gosses ! Tu vois ce que je veux dire ?! Tous ceux qui travaillent au McDo et qui ont des cheveux blancs sont suspects. On les envisage comme des coupables. Tu sors de taule ? Tu vis chez tes parents ? Tu es célibataire ? Tu es un raté ? C'est la vérité ! Moi, Omar, je le dis bien fort : c'est un taf tout pourri ! Bon, là je balance tout ce qui me passe par la tête, mais c'est justement parce que c'est dans ma tête ! Je dois faire profil bas. Surtout ne pas me faire remarquer. Je dois donner l'impression à tout le monde d'être normal. D'être dans le rang. Parfois j'aimerais tellement les remettre tous à leur place. Leur dire que quand je travaille pas ici, je négocie l'achat de stock de shit. J'ai leur bulletin de paie, mais je suis blindé. Je suis un vendeur de drogue, bande de cons ! Un « ssiste-gro[1] » ! Parfois je me vois monter sur le comptoir et je leur dis tout. Je suis là depuis trois piges pour faire semblant d'avoir un vrai taf. Je m'en bats les couilles des commandes, du chiffre, de vos gueules. Tout le monde me mate et je leur dis à tous d'aller se faire enculer bien fort !

« Oh !... Oh !... Vous êtes là ? Quelqu'un peut prendre ma commande ? »

Une cliente me sort de mes ruminations. Elle mâche son chewing-gum comme si elle voulait remettre toutes ses dents en place. Là, je suis en mode manager et je demande à

1. Grossiste.

Malik, un des nouveaux caissiers, plutôt âgé, de bien vouloir prendre la commande. Il a toujours l'air de débarquer de l'espace celui-là. Il me fait de la peine parfois. L'autre jour je l'ai surpris en train de regarder une canette de Red Bull comme s'il en avait jamais vu de sa vie. Ah, putain, je reçois un SMS d'un numéro masqué avec le chiffre « 911 ». Je sais ce que ça veut dire. Alors je fonce dans le fond des cuisines, sans réfléchir, pour demander à Stéphane de me remplacer. J'invente un bobard. Je dis que ma mère a besoin de moi en urgence. Je promets de revenir d'ici une heure et si ça n'était pas le cas, j'ordonne à Stéphane de faire la fermeture. Il est la personne la plus responsable après moi et connaît parfaitement toutes les procédures d'usage. Il saura tenir le restaurant durant mon absence sans éveiller les soupçons. Stéphane est jeune et sans enfant, donc aucun problème pour lui de faire la fermeture.

« Tu seras payé en heures sup !

– Merci, Omar. Bon courage avec ta mère. »

Je file monter dans ma voiture. J'enlève la chemise siglée au nom du restaurant, démarre et quitte la zone industrielle d'Essancourt pour aller en direction de Belaire.

Une petite horloge dans le véhicule indique l'heure. Il est 16 heures.

Je suis au volant, ma ceinture n'est pas attachée. J'entends un flash info à la radio :

*Aux Framboisiers, c'est la troisième nuit d'émeutes entre les jeunes et les forces de l'ordre… plusieurs voitures brûlées et des policiers blessés. Ces émeutes font suite à…*

Je change la radio. Un rap bien lourd envahit ma vieille Clio 4 blanche. « Toujours absent, plus tard je crèverai l'abcès… »

Je conduis à une main et mate une fille que je vois passer dans la rue. Mon téléphone sonne. La photo du correspondant apparaît. Un moustachu, avec les yeux marqués par des cernes bien noirs et un sourire benêt. C'est écrit : « CASSE-COUILLES 1 ».

J'arrête la voiture devant un sapin décoré où un homme noir déguisé en père Noël fait sonner des clochettes. Je décroche.

« Allô ?

– Tu es où, Omar ?

– J'ai donné les instructions à l'équipe, j'ai dû partir vite pour une urgence avec ma mère. Elle a fait un malaise. »

Tandis que je parle au téléphone, je vois de l'autre côté de la rue un jeune se faire contrôler par un groupe de la BAC[1]. Saloperies de cow-boys sans chevaux ni morale.

« Tu es manager maintenant, Omar, il faut être impliqué, tu sais ?! T'as tout pour devenir comme moi un jour. Mais est-ce que t'as le mental pour ça, Omar ?

– Pardon, Philippe, je vous jure, elle est très malade. Elle a fait une crise d'asthme. Je rattraperai mes heures ce week-end. »

J'essaie d'être crédible avec l'autre abruti mais mes yeux ne lâchent pas le jeune, mains sur le mur en train de se faire fouiller méticuleusement.

1. Brigade anti-criminalité.

« Je te préviens, j'enlève cette journée de ta paie.
– OK.
– C'est pour toi que je fais ça, Omar !
– Je vous laisse, je la vois qui refait un malaise.
– Bon cou... »

Je raccroche et j'ouvre la vitre pour m'adresser aux policiers en civil :

« C'est un contrôle ou un examen de santé ? »

Un des policiers, capuche sur la tête, silhouette similaire à celle d'un jeune du quartier, se retourne vers moi :

« Circulez, monsieur ! »

Je remonte ma vitre et fais démarrer mon véhicule. En passant près des flics, je leur souris et marmonne : « Sales bâtards ! » Je repars à vive allure et mon téléphone sonne de nouveau. Je décroche en Bluetooth :

« Allô, mon fils ?
– Il y a un problème, maman ?
– Quoi, je ne peux plus t'appeler s'il y a pas de problèmes ?! Je suis ton conseiller de banque ou ta mère ?!
– Je peux pas rester longtemps au téléphone, maman, j'arrive au boulot, là.
– Tu n'y es pas déjà ? Il est 16 heures.
– J'ai dû aller faire une course. J'ai beaucoup de choses à gérer au restaurant, tu sais ?! »

La boîte à gants se met à vibrer. J'ouvre la petite porte et sors un second téléphone que je pose sur le tableau de bord. Le nom du correspondant est masqué.

« C'est vrai, tu as des responsabilités maintenant ! Mon fils, le manager de restaurant américain ! »

Ma mère est tellement fière de moi, je crois qu'elle ferait un arrêt cardiaque si elle découvrait ma double vie.

« C'est juste un McDo, maman !

– Et alors, c'est pas américain peut-être ?! Je n'ai pas le droit d'être fière que mon fils soit quelqu'un d'honnête, que ce n'est pas une petite racaille de cité ?!

– Si… »

Et voilà, je sais plus quoi dire. Parce qu'au fond de moi je veux pas la décevoir. Elle me tue, je te jure.

« Je vais aller faire des courses chez Lidl, tu as besoin de quelque chose ?

– Il y a un Lidl à Essancourt ?

– Non, je vais à celui des Framboisiers.

– Pourquoi tu retournes à Belaire, maman ? Je t'ai trouvé un appartement dans un quartier où tu as des commerces en bas de chez toi ! »

Je passe à côté d'un panneau qui indique le quartier des Framboisiers.

« 5 euros le pack d'eau ?! C'est pas du commerce ça, c'est du racket ! »

Elle « tchipe ». Elle fait toujours ça, ma mère, quand je la saoule. C'est une « tchipeuse » compulsive. Je l'adore mais là j'ai pas le temps. Le second téléphone vibre de nouveau.

« Je dois te laisser, maman, j'arrive au boulot. »

Je raccroche et regarde le téléphone, sans broncher. Toujours un numéro masqué.

Je roule à toute allure à travers le quartier. Quelques voitures qui ont brûlé la veille fument encore. Je passe devant le muret d'une antenne de police dont le préfabriqué est entouré de grillage et de barbelés. Derrière la grille, un policier armé monte la garde. Devant le portail principal, un véhicule sur lequel est taguée la phrase « ICI ON KEN LA POLICE ». Ce genre de message me met la banane quand je passe devant. Quelques minutes après, j'entre dans l'enceinte de la tour Z et me gare face à un bâtiment isolé et démembré. Une ancienne bâtisse de logements sur 14 étages dont le mur s'effrite. Tout part en sucette ici de toute façon. Il manque une partie de l'immeuble, ce qui offre un escalier extérieur entre les étages 6 et 12. Je sors de la voiture et me dirige vers l'entrée. Je monte l'escalier jusqu'au 1er étage. Je longe le couloir sombre. Arrivé au bout du corridor, j'arrive devant une porte et tape trois fois. Tarik ouvre la porte. Il est torse nu, il avoisine 1,95 mètre, une baraque, avec un visage peu commode. Même en souriant il effraierait un mort. Sur son torse il y a plusieurs tatouages dont le dessin d'un képi barré d'une croix. Dès qu'il voit ma ganache, il se crispe encore plus.

« Omar, putain de merde, tu peux pas répondre à ton téléphone ? »

J'entre.

« Tu m'as harcelé, Tarik, ta race ! Si je te dis j'arrive, c'est que je suis sur le chemin ! »

Nous traversons un appartement délabré où plusieurs sacs contenant du pollen de cannabis sont entreposés au sol.

Une télévision est allumée dans un coin.

« On est dans un bourbier, mon pote ! J'ai reçu un coup de fil de l'adjoint au maire, ce salopard de "schiteux" m'a rencardé.

– Et donc ?

– Dans vingt-quatre heures les condés[1] débarquent en famille pour virer tout le monde. Ils vont tout démolir.

– Il faut qu'il nous laisse deux jours de plus.

– Il ne peut rien faire, les élections arrivent et avec les émeutes, il doit envoyer un signal fort.

– Mets-lui un coup de pression, il va retarder tout le monde !

– Omar, ce mec, je le connais, il voit mon numéro s'afficher et a les larmes aux yeux. S'il me dit qu'il peut rien faire, c'est vrai !

– Mon contact à Strasbourg va tout nous prendre dans deux jours. Après ça, fini ! On aura assez coffré pour tous nos projets. Il faut juste qu'on stocke encore quarante-huit heures.

– Tu comprends le français ou pas, ta race ?! On a quelques heures pour tout déménager. Dans six heures ils débarquent tous ici. Vu que tu répondais pas, je t'ai pas attendu. J'ai un mec qui peut faire nourrice sur Ermont. Alors viens pas me dire après que je suis pas organisé !

– T'es au courant qu'il y a eu des émeutes hier ? Là, il y a un couvre-feu. Donc faut qu'on transporte tout, en une seule fois, sans se faire remarquer. »

Tarik pointe du doigt les sacs de pollen posés au sol.

« Il y a 300 kilos à transporter, faut un bon châssis ! »

1. Policiers.

Là, il a raison, faudra surtout ne pas rouler trop vite pour ne pas flinguer l'essieu et se retrouver à appeler une dépanneuse le coffre rempli de drogue.

« Faudra rouler à 30 ou 40 kilomètres/heure max.

– Mais qui roule aussi lentement, mon frère ?

– Ta grand-mère !

– La tienne !

– La seule voiture que ma grand-mère a vue dans sa vie, c'était un 4 × 4 du Paris-Dakar ! Non, faut un véhicule que tout le monde laisse passer.

– On a qu'à faire un cortège de mariage comme celui de mon frère le mois dernier !

– T'as déjà vu un cortège "rebeu" qui ne se fait pas remarquer ?! »

Tarik se lance le défi de trouver une solution, il propose :

« Un camion de pompiers ?

– Non, s'ils nous voient, les jeunes vont cramer toutes les bagnoles !

– Une ambulance ! » Il réfléchit : « Hum… non, trop suspect à cette vitesse ! »

Un flash info à la télévision m'interpelle :

*570 kilos de résine de cannabis ont été saisis mardi par des agents de police près d'une voiture abandonnée à Villemolaque dans les Pyrénées-Orientales. La drogue était répartie dans une vingtaine de ballots. Les policiers ont saisi la marchandise…*

Je regarde Tarik.

« Quoi ?

– On se fait passer pour des condés et on charge tout dans une voiture de police. »

Tarik chope son T-shirt qui traîne pour l'enfiler. Je ne l'ai jamais vu aussi flippé.

« S'habiller en flic ? Jamais !

– Je joue bien au caissier McDo tous les jours, depuis trois piges !

– Mais ta couverture, c'est de la merde ! Tu pouvais pas choisir informaticien ou avocat ?! Un mec qui a fait des études quoi ?!

– Un Noir qui a fait des études, ça fait peur aux gens et ça attire l'attention !

– On n'a pas des têtes de flic !

– C'est quoi une tête de flic ? »

Tarik m'imite la démarche d'un policier qui patrouille à pied.

« Rasé, babtou, tête de franchouillard, facho, avec l'accent du Sud. » Il se met à jouer l'acteur des films de Max Pécas sans pression.

« "Contrôle, s'il vous plaît" ! Tu mates jamais W9 ?

– Samy Naceri, c'est un flic dans *Taxi* !

– Non, c'est le taxi ! Omar, ta race, avec tes idées nazes !

– Il enquête avec le flic, c'est son coéquipier, c'est pareil ! »

Il ne voulait rien lâcher.

« Je m'habille pas en flic !

– Ça va durer une heure max, mon frère, fais pas ta fillette ! Personne ne va calculer. C'est normal ici de voir des flics rouler doucement. Ils vont penser qu'on patrouille. Et tout le monde veut éviter la police.

– T'es cinglé ou quoi ? Il y a des émeutes dehors. Les jeunes cherchent que ça justement, des flics, pour se venger !

– Sauf que nous on va pas rouler dans la cité. T'as compris ? Elle est là la douille. On s'éloigne direct.

– Impossible. Faut trouver une voiture, des uniformes. On va faire comment ?

– Vinz ! »

Tarik recule. Puis il fait non de la tête.

« Pas Vinz !

– On l'appelle "Google" ! Il trouve tout…

– Ma parole, je préfère retourner en taule que passer cinq minutes avec lui ! »

Vinz est un voleur de voitures depuis ses 12 ans. C'est son grand-père qui l'a converti au vol à la tire. Il lui a appris les plus grandes ficelles techniques du métier. Il volait les bagnoles et les amenait dans des garages perdus du 95. Les garagistes les désossaient pour revendre chaque pièce ou parfois ils les repeignaient et modifiaient la carte grise. Dans certains cas, Vinz recevait une commande particulière et les véhicules partaient en Afrique ou dans les pays de l'Est. Mais lui et moi, on s'était connus dans les halls du quartier de la Forestière. Ils volaient des voitures utilisées par les braqueurs lors de leurs opérations. Vinz était le fils d'une manouche et d'un Breton. Son père installait l'électricité chez les gens du voyage quand ils voulaient se sédentariser et c'est comme ça qu'il avait fait la connaissance de la mère de Vinz. Le père manouche avait tout de suite compris le manège des regards et avait fini par prendre le parti de sa fille, contre l'avis des gitans du quartier. Vinz avait donc grandi avec une double culture et avait fini par s'en dégoter une troisième en passant par la case prison des Baumettes.

Ses cinq ans dans cette prison du Sud lui avaient apporté deux choses : un réseau lui permettant de prendre la tête des Go Fast à sa sortie de taule et un accent du Sud lourd et chantant.

« On n'a pas le choix. Vinz me doit un gros service ! Si je lui demande de me rapporter un A380, il va le faire !

– Il parle avec l'accent marseillais alors qu'il est né dans le 19e, ce débile ! Écoute-moi bien, sur la tête de ma mère, je ne m'approche pas de Vinz et je me sape pas en flic, t'as bien compris ?! »

2.

La nuit est maintenant tombée tandis que Tarik et moi nous sommes postés devant l'immeuble délabré. Le quartier est vide, c'est fantôme land. Il n'y a personne autour. Ma montre indique 17 h 30. Une voiture de police arrive à notre niveau. La vitre, en se baissant, laisse passer les notes d'un rap électrique comme seul le chanteur Jul sait le faire. La sono vibre dans la voiture et les vitres frémissent à chaque basse. Vinz est au volant. Ses cheveux sont teints en blond et il a une coupe mulet. La musicalité de ses phrases a un arrière-goût marseillais.

« J'ai volé des Porsche, des Ferrari, mais en volant cette voiture, j'ai l'impression d'avoir accompli le chef-d'œuvre de ma carrière ! »

Je souris. Vinz jette un regard furtif vers Tarik qui le snobe.

« Oh, Tarik, ça va ? »

Tarik me lance un regard noir. Je m'en fiche royalement, je veux juste avancer sur mon programme de la journée.

Je demande à Vinz s'il a réussi à prendre des uniformes. Il tire un levier qui ouvre instantanément le coffre. Je vais à l'arrière du véhicule pour inspecter les tenues.

Quelques minutes plus tard, je suis au volant de la voiture. La radio talkie émet des conversations entre de vrais policiers. Vinz se baisse pour me parler à travers la vitre.

« Alors ça te fait quoi d'être à l'avant pour une fois ? C'est *Inception* ! »

Je sors du véhicule en uniforme. Je porte un gilet pare-balles siglé POLICE dans le dos. J'entends Tarik râler. Il tente d'enfiler son uniforme de brigadier mais il n'arrive pas à passer la veste.

« Je peux pas mettre ça, putain ! La vie de ma mère, c'est de la kryptonite cet uniforme.

– Allez, speede, faut pas qu'on traîne ici ! »

Je ferme un des derniers sacs et le mets dans le coffre. Je pars chercher ce qui reste. Tarik finit de passer son uniforme. Vinz se marre.

« En te voyant de face, j'ai perdu quatre points sur mon permis !

– La ferme ! »

Mais Vinz ne peut pas s'empêcher de parler :

« Il a un truc cet uniforme. Comme un pouvoir. Depuis que je l'ai mis, j'ai envie de vous fouiller ! »

Vinz me rejoint tandis que Tarik finit de mettre son gilet pare-balles. Une voiture s'arrête au niveau de Tarik :

« Bonjour, monsieur l'agent !

– T'as dit quoi ? »

Il se retourne et découvre une dame âgée au volant.

« Pardon, monsieur l'agent, je cherche l'hôpital Louis-Mourier, s'il vous plaît ? »

Tarik marmonne.

« Je suis Bison Futé, moi ?! »

Le couple de vieux est surpris de sa réaction. Le passager, un homme de 75 ans passés, dégaine un petit drapeau de la France.

« On est avec vous. »

Tarik soupire et essaie de répondre poliment :

« Première à gauche et tout droit, il y a l'hôpital que vous cherchez !

– Merci beaucoup. Joyeux Noël… et bon courage avec toutes ces racailles ! »

Elle remonte sa vitre et démarre en brûlant les pneus. Vinz arrive avec deux gros sacs de sport.

« Alors, Navarro, on enquête ? »

Je le suis avec deux autres sacs. Tarik se dirige vers moi pour faire la pleureuse :

« Je vais le tuer, je te préviens… »

Mon téléphone sonne. Le nom du correspondant affiche « MAMAN ». Je ne réponds pas. Je finis de remplir le coffre qui est maintenant blindé de sacs de sport, pleins de pollen. En tout il y a 289 kilos. Je tente de fermer le coffre défaillant qui s'ouvre aussitôt. Je force la fermeture en appuyant sur la porte. Mon portable vibre de nouveau. C'est toujours « MAMAN ». Je décroche et j'entends ma mère gueuler :

« Ils ont brûlé ma voiture…

– Quoi ? Qui a cramé ta voiture ?

– Sur le parking du Lidl de Belaire. Ma voiture est en train de partir en fumée… »

J'entends des sanglots dans sa voix. La conversation est coupée d'un seul coup.

« Maman ? »

J'ai les mains qui tremblent. Ça ne m'est jamais arrivé. Je ferme mon poing pour le fixer. Je me mets au volant de la voiture de police. Tarik est sur le siège passager avec un fusil à pompe entre les jambes, et Vinz est posé à l'arrière.

« On doit aller récupérer ma mère sur le parking de Lidl. »

Tarik lève les yeux au ciel. Vinz approche sa tête vers l'avant.

« Je croyais qu'on devait contourner la cité ?! »

Tarik acquiesce.

« On va se jeter dans la gueule du loup, mon frère !

– Pas le choix, sa voiture brûle, elle est coincée là-bas. On la récupère vite fait et on se taille !

– Et elle fait quoi aux Framboisiers ta mère, Omar, elle bicrave[1] aussi ? »

Tarik soupire comme jamais, il se mord les doigts. Il a envie d'étrangler Vinz.

« Je savais ! Je savais qu'en s'habillant comme ça, ça nous porterait la poisse. S'habiller en flic, c'est contre nature pour nous… »

Je démarre en trombe.

« Ah, putain, en plus faut rouler doucement ! »

Le coffre défaillant s'ouvre de nouveau.

1. Vend de la drogue.

« Métier de merde, voiture de merde, au moins c'est cohérent ! »

J'entends Tarik caresser son fusil et murmurer à voix haute :

« Le karma, frère… »

Je sors refermer le coffre en le claquant fermement. Je me remets au volant et j'accélère pour atteindre les 32 kilomètres à l'heure.

3.

On arrive lentement dans le parking du Lidl. Le magasin a été fermé en urgence et la grille baissée. Quelques caddies sont retournés sur le sol. On passe devant un fourgon carbonisé. On ne se sent pas très à l'aise. On a bien remarqué depuis qu'on a enfilé l'uniforme que le regard des gens sur nous a changé. Il y a eu le couple de vieux, les gosses à vélo qui nous ont insultés, les regards de quelques guetteurs. Pour eux, c'est évident : on est des flics en patrouille. Ma mère se jette d'un coup sur le capot du véhicule de police :

« Monsieur l'agent, regardez, ils ont brûlé ma voiture, venez voir… »

Je sors du véhicule. En me voyant, ma mère a un mouvement de recul. Elle crie.

« Maman, calme-toi…

– *Starfallah*[1] ! Omar ? Omar Baye Sidou Diawara… Tu es policier ? »

1. Je demande pardon à Allah.

Je vois que Vinz n'en revient pas, ma mère vient de donner mon nom complet qui comporte Sidou. Il pouffe de rire, ce crétin, et cherche la complicité de Tarik, excédé.

Je tente de la calmer mais je vois qu'elle perd pied.

« Maman, calme-toi… Je voulais pas t'inquiéter. Comme je suis souvent dans l'action, j'ai eu peur que tu t'angoisses dès que je pars travailler.

– Et depuis combien de temps tu es policier ?

– Depuis… depuis deux ans. J'ai fait l'école de police et voilà !

– Tu ne travailles pas au McDo ?

– Non. Je suis officier de police, maman… enfin, c'est encore un stage, hein, je sais pas si je vais tenir, tu vois quoi ?! »

Ma mère n'est pas rassurée par ma phrase.

« Maman, faut y aller là…

– Faut que je m'asseye… »

Elle s'assoit sur le capot. Elle se relève comme par instinct.

« Non, c'est bon, tu peux t'asseoir, mais reprends-toi vite, maman, on peut pas rester là… »

Tarik sort du véhicule. Il reçoit une merde de pigeon sur l'épaule.

« La poisse, je te dis… »

Il s'essuie avec un chiffon. Ma mère me fixe sans parler :

« C'est pas toi qui as renvoyé Aboubacar au Mali quand même ?!

– Mais non, maman… Bon, maman, on va te déposer chez toi, OK ?! Faut qu'on reparte après !

– … mais tu te rappelles quand tu avais écrit “Nique la police” dans le hall et que je t’ai giflé ?!

– Bon, faut y aller, maman ! »

Le coffre défaillant fait encore des siennes.

« Putain ! »

Je pars vers l’arrière du véhicule et claque le coffre de nouveau. Quand je retourne à l’avant, je vois que ma mère est en mode Awa. C’est son prénom et c’est comme ça que je l’appelle quand elle est vraiment énervée. C’est le cas. Elle est furieuse à cause de ma vulgarité.

« Pardon, maman ! Mais monte dans la voiture s’il te plaît. »

Awa ramasse ses courses. Elle fait tomber une boîte de conserve et se dirige vers l’arrière de la voiture de police.

« Maman, tu fais quoi ?

– Je vais mettre mes courses dans le c… »

Le coffre s’ouvre de nouveau, en grand. Awa découvre tous les sacs de sport. Elle en voit un qui est mal fermé et tombe sur le pollen de cannabis.

J’ai jamais été aussi gêné de ma vie. Je tente un truc avec ma mère :

« On vient de choper un gros trafiquant…

– Dis donc, il y en a au moins pour 50 kilos, là. »

Tarik lui répond du tac au tac « 289 kilos… madame ». Je claque une énième fois la porte et invite ma mère à monter. Elle n’en revient pas de ce qu’elle a vu :

« Tu vas avoir une médaille, mon fils ! Bravo, je suis fière de toi, arrête-moi ces vermines !

– Allez, maman, on y va s’il te plaît ! »

Je m'essuie le front. Je monte dans la voiture. Une jeune femme blonde arrive en courant pour nous bloquer la route. Ça ne s'arrêtera jamais ! « Quoi encore ? »

La jeune femme porte un jean et une veste en cuir moulante avec des Dr. Martens aux pieds. Les yeux rougis, elle tremble :

« On vient de m'arracher mon téléphone juste là… le mec avec la casquette… »

Elle pointe du doigt un garçon qui court à 50 mètres. Franchement je l'écoute même pas. J'ai pas le temps.

« Désolé, on est occupés, là…

– Oh, mais il y a mes Snap dedans… des selfies que je pourrai jamais refaire… »

Vinz, qui a descendu sa vitre à l'arrière pour reluquer la fille, ose faire une blague vaseuse :

« T'as pas des points SFR ?

– Vous êtes des enfoirés, vous servez à rien à part mettre des matraques dans le cul des jeunes ! »

Tarik sort du véhicule pour écouter attentivement la requête de cette fille. Il murmure : « Ça, c'est mon type de meufs ! » Ma mère sort sa tête à l'extérieur pour s'adresser à la jeune fille : « Faut pas pleurer, mon fils et ses collègues vont vous aider ! »

Tarik ramasse la boîte de conserve. Il la jette de toutes ses forces sur le jeune à casquette qui doit être maintenant à un peu moins de 100 mètres. La boîte de conserve l'assomme. Il tombe raide avec le téléphone à la main.

La jeune fille s'empresse de courir récupérer son portable. Ma mère me fait signe de la suivre. Je m'exécute. Tarik monte et on se retrouve à suivre la jeune femme qui arrive à hauteur du mec allongé au sol. On dirait qu'on est des vrais flics. Le voleur reprend ses esprits mais la jeune femme lui met un coup de latte en pleine tête. Il tombe raide de nouveau. Tarik est sous le charme de la meuf. Il chuchote : « Je l'avais dit, c'est mon genre de meuf ça ! »

Je stoppe la fille et redresse le mec au sol. J'entends alors des insultes depuis un balcon en hauteur. Je regarde en l'air et j'ai juste le temps de voir une machine à laver tomber. Je l'évite de justesse. Je viens de passer à côté d'une mort stupide qu'on aurait décrite dans les faits divers d'une édition locale du *Parisien*. Je vois un couple de quadragénaires, dont le fils se tient entre leurs jambes, accroché aux barreaux du balcon, qui débitent des insultes à vitesse grand V : « Fils de putes de flics… Enculés… Racistes… »

Le jeune voleur en survêtement et casquette reprend ses esprits.

« J'ai rien fait ! »

La jeune fille se lâche complètement :

« Espèce de connard ! Je vais le dire à mon grand frère, il va te brûler ! »

Tarik est hypnotisé par le charisme de la jeune femme. « Ah, là, là, je la kiffe ! » La situation me rend dingue. Il y a trop de monde au courant de notre présence, cela pourrait attirer d'autres abrutis plus préparés. Je m'adresse à la fille et fais démarrer le véhicule :

« Bon, allez, le portable est là, tiens, c'est bon, c'est réglé. »

Je tente de dire un mot au voleur également :

« Faut pas voler ! C'est pas bien… Rentre chez toi maintenant ! »

La jeune fille me regarde en levant les yeux au ciel. Le voleur se lève et se tire en courant. Elle se retourne rageuse vers nous :

« C'est tout ? Vous l'emmenez pas au poste ? Pas de menottes ? Pas de gazeuse en pleine tête ? Ben, vous voyez, lui, il le méritait son bâton dans le cul ! Vas-y, vous servez à rien ! »

Je suis blasé. Elle veut quoi celle-là ? On ne fait rien, on est des cons, on aide, on est des bons à rien ! Vinz sort sa tête par la fenêtre :

« C'est quoi ton Snap ? C'est pour la plainte ! »

La jeune femme lui fait un doigt.

Nous repartons pour aller déposer ma mère hors de la cité. Vinz entame la conversation avec elle, sous mon regard perçant dans le rétroviseur :

« C'est quand même une fierté d'avoir un fils policier, non ?! »

J'ai envie de couper court à tout développement :

« Allez, on te dépose, maman, et après on doit repartir patrouiller, nous.

– Il faut mettre le gyro, les collègues ! »

Tarik et moi on lui crie un « La ferme ! » unanime.

Vinz s'en tape, il est plongé dans son rôle de flic beauf et patrouilleur, il lâche : « On est la police, oui ou merde ?! » Je commence à être sérieusement excédé. Vinz lance le gyrophare du véhicule. Juste au moment où une voiture grille le feu rouge. La voiture freine en dérapant et recule pour se remettre au niveau du feu, juste à côté de notre véhicule. Le conducteur baisse sa vitre. C'est Casse-couilles 1, dont le vrai prénom est Philippe, mon patron au fast-food. Il est complètement bourré. De sa voiture s'échappe la chanson de Johnny Hallyday au titre évocateur *Noir c'est noir*. Philippe se lance :

« Pardon… *mea-culpa*… J'avais pas vu le feu, messieurs, je vous jure… »

Je fais mine de regarder ailleurs pour ne pas être reconnu. Même torché, on ne sait jamais. Tarik veut couper court à la discussion et ne fait pas dans la dentelle. Il balance entre ses dents un ferme « Boloss, barre-toi ! ».

Mais la phrase a l'effet inverse auprès de ce baril de whisky de Philippe. Il sort de sa voiture et se rapproche de Tarik. Je baisse la tête.

« Oh, ça va, j'ai dit pardon ! »

Vinz est mort de rire :

« Il y a des gens, ils boivent un verre, lui, il a bu un bar ! »

Ma mère, qui ne s'est pas encore remise de ma nouvelle carrière, regarde tout ça d'un œil détaché mais avec un peu de bienveillance pour moi et « mes collègues ». Philippe se lance dans un monologue d'alcoolo. Ma mère le déteste déjà.

« Oh, je vous parle ! Je suis responsable d'équipe, OK ?! »

Vinz, Tarik et Awa se demandent quel genre de personne ce type peut gérer et moi, je soupire et commence à me dire qu'on m'a porté l'œil de Sauron. Un œil gigantesque qui t'anéantit toutes chances de réussite.

Tarik trouve le feu rouge très long. « Je perds patience, là. » Il chuchote à Philippe : « Circule, ta mère, c'est bon ! »

Philippe se tient debout face à notre voiture. Ses propos sont incohérents. Il veut absolument justifier l'injustifiable :

« Mais puisque je vous dis que j'ai pas fait exprès. J'ai pas bu… je vous jure… »

Il sort son permis de conduire pour le montrer à Tarik et fait tomber tous ses autres papiers et cartes au sol.

« Regardez mon nom : Philippe Roturier, c'est moi. Je suis né en… »

Tarik a la fumée qui sort de ses oreilles :

« Je sais lire, putain !

– Oui, oui… je sais que la police, c'est des hautes études, prépa, bac + 9… »

Il se marre.

Philippe continue de formuler ses questions et ses réponses :

« Et vous savez quoi ? Je vais faire sauter mon permis moi-même, j'ai pas besoin de vous… Je suis un chauffard, putain ! »

Il reprend son permis des mains de Tarik et le déchire.

Je remarque le feu qui passe au vert, je n'hésite pas, je démarre. En jetant un dernier coup d'œil dans le rétroviseur, je vois Philippe qui crie au milieu de la route en déchirant son permis.

En continuant de le regarder, je ne repère pas de suite la voiture devant moi qui était à l'arrêt. Je freine sec. J'essaie de reculer mais une voiture m'en empêche. Je dois me rendre à l'évidence, on est coincés dans un guet-apens.

4.

Des jeunes armés de couteaux, de battes et cagoulés entourent la voiture. Ils nous traitent de tous les noms. Un jeune avec des lunettes de ski sur la tête et un maillot du Dortmund de 2004 jaune canari sponsorisé par le groupe allemand E.ON se tient devant nous. Dégaine ridicule qui ne l'empêche pas de bomber le torse et de marcher l'air déterminé vers l'aile droite de la voiture, qu'il raye avec son cutter. Je sens que Tarik, à côté de moi, est en train de bouillir.

« Je t'avais dit que c'était la poisse, ce put… », il s'arrête net en voyant Awa dans le rétroviseur.

Ma mère n'est pas rassurée. Elle lâche quelques petits cris d'effroi. Je me retourne vers elle et lui demande de ne pas bouger quoi qu'il arrive. Les jeunes sont maintenant regroupés, formant une masse compacte et intimidante. Tarik sort le premier du véhicule, je le suis, puis Vinz, qui a gardé aux pieds ses Nike Requins, nous rejoint. Avec son uniforme les baskets donnent un ensemble hybride, mi flic mi-caillera.

En voyant nos silhouettes, le groupe baisse un peu en intensité. Un des émeutiers avec une veste de survêtement rouge sang prend son groupe à partie.

« Téma, ils se sont déguisés en rebeu et renoi… Bande de traîtres ! »

Il crache par terre. Ce petit bâtard tire une vraie rafale de salive au sol. Il pourrait tuer quelqu'un avec un molard pareil.

Un jeune aux cheveux rouges fait une roue arrière sur sa moto et frôle la manche de Tarik. Il fait demi-tour et repasse devant Vinz en lui jetant un regard noir. Mais au second passage Vinz se jette sur la moto et s'installe derrière lui en le collant au guidon. Il pose ses mains sur les manches et dirige maintenant l'engin, au désarroi du conducteur aux cheveux couleur sang. La bande veut s'interposer mais Tarik recharge son fusil à pompe sur eux en les menaçant.

Vinz fait crisser les pneus et met la moto en roue avant. Son passager le supplie de s'arrêter. Vinz dérape et stoppe l'engin pour laisser descendre le garçon.

Le leader du groupe à la veste rouge sang crie « Violences policières ! » entraînant de nouvelles insultes sur nous. Ils se chauffent de nouveau avec leurs battes et leurs couteaux. Un des jeunes allume un cocktail Molotov et le balance à mes pieds. Vinz lâche la moto au sol pour se rapprocher de moi. Tarik relève son fusil mais je lui fais signe de le baisser. Je m'avance tranquillement vers le groupe. « Venez, on discute tranquille, la famille ? »

Un troisième émeutier, cagoulé également, s'avance face à moi.

« On n'est pas de ta famille, enculé ! »

Il est petit de taille. Avec sa main, il arrête et relance les insultes de ses potes à sa guise, à la façon du « Magnéto, Serge » de l'animateur de télévision Thierry Ardisson. Il fait son manège trois fois. L'impression de voir une version *racailleuse* de De Funès quand il fait le chef d'orchestre.

Vinz s'amuse de la situation :

« Vous êtes les choristes du 93 ou les Avengers SEGPA ? »

Un des jeunes crève le pneu avant gauche de notre voiture et nous défie du regard. Tarik l'attrape et lève la main pour le baffer :

« J'vais te gifler tellement fort, ta tête va retourner en 98 ! »

L'émeutier petit et teigneux sort son téléphone :

« Filmez, filmez ! Regardez, mes snapeurs, la violence policière, sa mère... »

Je cache ma tête et fais signe à Tarik de laisser le jeune qu'il a attrapé. Il le relâche. Cette fois c'est moi qui commence à perdre patience :

« Arrêtez de filmer ! »

J'attrape le portable du leader et le mets dans ma poche.

« Téma, il a pris mon portable. Filmez, filmez ce voleur, c'est des ripoux ! On va vous mettre sur internet, vous allez voir.

– Écoutez-nous, on veut juste repartir tranquilles.

– Mais je te nique ta mère, toi ! »

Awa, qui est restée dans le véhicule depuis le début des hostilités, sort sa tête par la fenêtre :

« Il va faire quoi à qui, lui ? »

J'attrape le petit teigneux par le col et ce dernier ne semble pas flipper une seule seconde :

« Et alors, tu vas faire quoi ? »

Je me détends, puis souris en le regardant dans le fond des yeux :

« Je peux rien faire, ton haleine vient de me paralyser. Tu as une haleine de marche arrière ! C'est simple, je crois que c'est en te voyant que Michael Jackson a inventé le "Moonwalk" ! »

Je fais le mouvement de danse pour appuyer mon argumentation. Il y a un silence, puis tous les jeunes se mettent à rire. Le petit teigneux se sent humilié :

« Je te baise ! »

Cette fois j'en peux plus, je lance la machine :

« Tu vas ken qui ? Seul truc que tu peux faire c'est un cunnilingus debout ! C'est qui le grand de ta cité ? Passe-partout ?! »

Le jeune cherche du regard le soutien de son groupe mais tous se marrent de plus belle. Il sort un couteau et essaie de me planter. Mais je lui attrape le bras en jetant le couteau, le déséquilibre et le soulève par un pied, la tête en bas. Je finis par lui retirer sa cagoule. En le soulevant, je hausse le ton pour être entendu :

« Tu me prêtes ta tête, s'il te plaît ? J'ai un mur à casser chez moi !

– Lâche-moi !

– Je vais te donner un conseil gratuit. Va à l'école reprendre ton BEP montage de chicha ! »

Un bruit de gyrophare me coupe. Une voiture de police arrive à notre niveau. Je lâche le jeune qui tombe comme un poids mort.

Les émeutiers fuient dans tous les sens. Le petit teigneux au sol remet sa cagoule et détale aussi en me faisant un doigt.

Sur les trois vrais policiers qui sont arrivés, deux sortent en furie pour tirer au LBD en direction des jeunes. Ils reviennent ensuite vers leur collègue. Tous les trois ont la tête rasée et ils portent une petite barbe naissante. Seule leur taille permet vraiment de les distinguer. Le conducteur, celui qui dicte manifestement ses ordres aux autres, est le plus grand. Je remarque que Tarik recharge discrètement son arme. Le leader jette un œil sur ma mère assise au fond de la voiture. Il se positionne devant moi et contre toute attente me salue avec la main comme si j'étais un vrai collègue :

« Bonsoir, lieutenant Froissard ! Pour une fois que le préfet nous envoie des renforts, ça fait plaisir ! Hein, les gars ?! Vous êtes de quel... ? »

Juste à ce moment le coffre de la voiture s'ouvre tout seul.

« Il y a carrément des tours de magie dans ce secteur.

– La serrure délire depuis une heure. »

Je n'ai pas le temps de continuer que ma mère gesticule dans tous les sens en sortant de la voiture :

« Mon fils et son équipe ont stoppé un trafic de drogue, ce sont des héros ! »

Tarik soupire entre ses dents. Le capitaine s'avance pour regarder à l'intérieur du coffre avec attention. Il attrape son talkie. Je cherche mon arme sur mon holster. Je vois le visage de Tarik briller à cause des grosses gouttes de sueur qui tombent sur son front.

« X33 à central... on a de vrais héros avec nous, les gars ! »

Il me prend dans ses bras et je ne sais plus comment me comporter. Tarik essuie son front et Vinz se pose sur le capot de la voiture.

« Nom de Dieu ! Bravo, les gars ! Sacrée saisie ! Il y en a au moins pour 80 kilos là... »

Ma mère, qui se comporte comme une mère juive dès qu'on lui en laisse l'occasion, ne peut plus s'arrêter de causer : « 289 kilos, lieutenant ! » Awa me rend fou.

« On va sabler le champagne à l'église ! »

Là, je ne comprends plus rien. Il touche ma came, il me parle d'église. J'ai un uniforme de police et maintenant il veut aussi me convertir à sa religion, celui-là ?

« Comment ça l'église ?

– Le commissariat, on l'appelle comme ça ! Nous, on est les prêtres et le bureau, c'est l'église ! »

Il rit de bon cœur. Je fais semblant de trouver ça marrant et il renchérit :

« Franchement, c'est une vraie prise, les gars ! »

Là je me dis qu'il ne faut pas faire l'humble, il faut y aller franco pour ne pas éveiller de soupçons. Je me la joue faux modeste qui sait qu'il vient de faire un truc sensationnel :

« On fait juste notre métier...

– On va tout prendre dans notre coffre ! »

Tarik, Vinz et moi on ne peut pas s'empêcher de gueuler « Pourquoi ? ». Là je me dis qu'on a fait une erreur mais c'était plus fort que nous.

Le lieutenant Froissard pointe la roue crevée.

« Ben, vous irez pas plus loin, là ! »

Je tente un dernier coup :

« On a une roue de secours, ça va aller, merci. On vous retrouve à l'église !

– Avec la nuit de folie qu'on vit là, une saisie pareille, ça peut attirer des gens mal intentionnés. C'est la planète des singes... Enfin, c'est dangereux quoi ! Je veux pas que vous preniez de risques. Vous avez déjà bien bossé, les collègues. »

Il tape sur l'épaule de Tarik. Son talkie met fin à toute discussion :

« Froissard, est-ce qu'on vient en renfort ?... »

Je préfère interrompre la réponse du capitaine.

« On va vous aider à charger votre coffre. »

Avec Tarik et Vinz on porte les sacs jusqu'à leur véhicule. Le lieutenant ferme tout avec la marchandise à l'intérieur et s'assoit au volant de la voiture. Il baisse sa vitre pour donner les dernières indications :

« Vous savez où est l'église ?

– Oui, bien sûr. »

J'ai mal au bide comme pas possible. J'ai envie de hurler et de les assommer.

« Félicitations, les gars. On se retrouve pour la paperasse ! Traînez pas pour la roue, c'est le ghetto ici ! »

Ils démarrent en nous saluant. On reste plantés comme des cons, sans rien dire.

Un bus s'arrête à notre niveau et ses portes s'ouvrent pour laisser monter et descendre les passagers. Ma mère attrape ses sacs de courses et monte dedans tout en s'adressant à moi :

« Mon fils, je vais rentrer à la maison comme ça, je vous ai assez embêtés. Et j'appelle l'assurance en arrivant. Toi et tes collègues continuez à arrêter les méchants ! Les gens ont besoin de vous ! »

Elle me regarde une dernière fois et elle me dit :

« Je suis fière de toi, mon fils, je t'aime ! »

Je crois que le plus fou, c'est que c'est la première fois qu'elle me dit ça dehors, devant des gens et avec autant de facilité. Elle a l'air vraiment heureuse. Dès que le bus a disparu au coin, Tarik crache toute sa rage. Il tape de toutes ses forces dans un panneau publicitaire attaché à une barrière. Il le déchire avec ses pieds. Il voit son reflet dans l'abribus et il met un coup de crosse sur la vitre qui se brise en mille morceaux. Il commence à neiger. Deux gamins passent à vélo avec des bonnets de père Noël. L'un conduit, l'autre est assis sur le guidon. Le gamin à l'avant me mate et me fait un doigt d'honneur. Je crois bien qu'il a raison Tarik, cet uniforme, il porte la poisse.

# KARIM

*Croire en qui, en quoi ? Les mecs sont tous des miroirs*

IAM

**11 novembre 2098…**

1.

J'ajuste ma cravate. J'ai posé ma veste sur le portemanteau du vestiaire. Je suis seul. J'entends à l'extérieur les gens qui applaudissent et qui crient, motivés par le chauffeur de salle. Je pue le *hand sanitizer*. Comme à chaque bain de foule. C'est-à-dire à peu près tous les jours. Au début, je comptais les mains que je serrais. Ça m'amusait. Je notais les chiffres dans un petit calepin Powercard Infinited que la banque m'avait offert. J'ai arrêté de compter à 7876. Faut voir les litres de *hand sanitizer* que j'ai utilisés. Je pourrais être leur égérie. Mannequin gel antibactérien, c'est nul mais si t'es riche, tu t'en fous au final.

Ça valait le coup de serrer toutes ces paluches. Presque huit ans que j'attends un poste au gouvernement. J'ai commencé par bosser à la communication pour un petit représentant de région. Il postillonnait à chaque lettre, ce salopard. On l'a rhabillé, coiffé, on lui a même montré comment se tenir droit. Il n'y avait rien à faire, le mec marchait comme un alcoolo. On avait donc eu l'idée de faire croire qu'il s'était blessé en jouant au foot et qu'il fallait qu'il finisse les élections en chaise roulante. Tout le monde a plongé. Les gens sont de vrais cons égoïstes mais aiment être émus. Va comprendre. Sentiment de culpabilité sans doute pour leur condition d'abrutis.

Moi, c'est pas pareil. Mon élection, c'est un tour de force. Je suis le premier français d'origine maghrébine à accéder à la fonction de ministre de l'Intérieur. Je suis le chef des polices. Les gens parlent de revanche mais il n'y a aucune revanche. Je suis français. Je suis exactement là où je devrais être. Bien sûr, j'ai dû en faire plus. Toujours plus chauvin, toujours plus de mauvaise foi, toujours plus ferme. Certains me reprochent la violence de l'assaut de lundi. On ne peut pas négocier avec des terroristes. Il faut tous les abattre. Ils veulent l'indépendance d'une zone qui ne leur appartient pas. Oui, c'est vrai que des civils sont morts. Et je pense à eux, de temps en temps. Voilà une phrase préparée et assez peu honnête que j'avais sortie de façon bien naturelle. Parfois je me dis que j'ai raté ma vocation, j'aurais dû être acteur. Je suis là où je dois être et je fais ce que je dois faire. Oui, je suis né dans la zone 48, mes arrière-arrière-grands-parents étaient immigrés, mais moi je suis né ici. Dans cette prison à ciel ouvert. À 3 ans, j'ai été sauvé de la zone lors de la Révolution bleue, qui a abouti à la mort de 158 terroristes dont mes parents. On ne peut pas vivre en dehors des lois de la République. On doit accepter les règles pour le bien de tous. J'aime mon pays et je me battrai pour lui. Enfin, j'enverrai les troupes le faire pour moi.

Mon élection ne m'a même pas touché. Bien entendu, j'ai fait le jeu de l'émotion devant les caméras. C'est normal. Il faut donner au peuple ce qu'il attend. Mais c'est mon positionnement ferme, celui qui m'a ouvert les portes du pouvoir. Et ce n'est que le début. J'ai bien conscience que le président m'a choisi pour faire plaisir à l'électorat de cinquième génération qui voit en moi un symbole fort. Mais lui et moi savons l'effort surhumain que ça a coûté de me désigner. Parce qu'il le sait, mon prochain objectif, c'est sa place ! Si je réussis à remettre l'ordre dans les zones fermées, mon taux d'appréciation des électeurs va battre des records. Et quand j'annoncerai ma candidature aux présidentielles dans deux ans, j'aurai pris trop d'avance pour la concurrence.

Je dois juste me tenir à carreau. Ma femme m'a prévenu. Si je la trompe maintenant que les projecteurs sont fixés sur moi, je devrai répondre aux médias de mes actes. Et elle m'enfoncera en quittant notre maison avec les enfants. Tout ce que j'aurai fait avant n'aura servi à rien. Que Dieu m'éloigne du péché. Je dois me tenir. Je ferai plus de sport, c'est promis. Dès lundi je demande à Pablo, mon assistant, d'ajouter des séquences de coaching pour la boxe, la natation et le squash. Je vais user mon énergie dans l'activité sportive. Quand je repense à Marc Duval, le Premier ministre, qui a sauté il y a quelques mois, quel gâchis. Ce crétin a été surpris dans une boîte échangiste en Belgique. Cet abruti pensait vraiment que la discrétion de ce genre de lieu empêcherait quelqu'un de le balancer ?! Comme si une charte liait sans conditions tous les libertins du monde entier. Quel con !

Ma femme ne supporterait pas la honte de voir notre vie intime dans les journaux. L'opprobre sur nous et nos familles. Son père n'oserait même plus aller à l'église. Sa mère n'irait plus au marché. Je réfléchirai à une technique, bien entendu. Car il est évident que je ne vais pas pouvoir tenir indéfiniment comme ça. J'ai besoin de forniquer. Cet appel de la chair est trop fort. Parfois il m'empêche de me concentrer. Comme jeudi, où j'ai eu envie d'aller voir Irène, après avoir reçu une photo d'elle dans des dessous que je lui avais offerts. En pleine réunion de crise, la coquine. J'avais la bave au coin des lèvres tandis que tous ne parlaient que de cette attaque terroriste. Quand est venu mon tour de prendre la parole, j'ai joué le silence parce que sur le coup j'avais eu envie de répondre : « Je dois m'absenter une petite heure et je reviens, à ma place, avec un texto pareil, vous feriez quoi ? » Heureusement que j'ai en moi cette sacro-sainte catharsis stoïcienne qui m'empêche de dévoiler mes sentiments à ma femme au quotidien, mais qui me permet de toujours garder le contrôle de mes émotions. Je préfère passer pour un insensible que pour un pervers.

Je me rapproche encore un peu plus du miroir pour apprécier les traits de mon visage.

Mais regarde-toi, Karim ! Cette tête, je te jure, on dirait que tu n'as pas dormi depuis un mois. Mes cernes sont revenus ! Il faut que je repasse à la clinique Wagram pour quelques injections de *Return*. Je suis devenu accro à ce liquide. L'impression de gagner un an à chaque piqûre. Regarde-moi ce lissage du front que ça m'a fait ! On dirait que je n'ai jamais froncé les sourcils une seule fois. Un cul de bébé sur le visage. C'est fantastique. Après il ne faut pas que je me mette de pression. Je ne suis pas le plus vieux de ce gouvernement. Mais c'est vrai que depuis dix ans maintenant, la politique s'est rajeunie. On a tout fait pour ça. Moi le premier. Je me souviens de mes premières manifs étudiantes. On gueulait dans la rue nos slogans : « La politique est une affaire de jeunes ! » « Gouvernement naphtaline ! » Et aujourd'hui, à 25 ans, j'ai l'impression d'être un dinosaure à l'Élysée. Il faut que je sois président avant mes 30 ans, au-delà, l'électorat ne me suivra pas ! J'ai face à moi un peuple d'écervelés qui ne donne de l'importance qu'à l'apparence !

Quelqu'un tape à la porte. « Entrez ! » Une belle jeune fille blonde entre dans le vestiaire. Elle referme la porte. Elle a 19 ans, tout au plus. Elle porte une jupe grise moulante en tailleur et un chemisier blanc avec un col en dentelle. Ses cheveux sont attachés en queue-de-cheval et elle arbore des lunettes de vue de grand couturier. Elle a une tablette à la main. Je me recoiffe dans le miroir. Je ne la regarde pas.

« Ils vous attendent, monsieur. Votre discours est installé sur le pupitre. J'ai changé la dernière phrase comme vous me l'avez demandé. Est-ce que vous êtes prêt ?

– Je le suis toujours, Gaëlle !

– Je peux vous dire quelque chose, monsieur ? »

Je suis toujours en train de plaquer mes cheveux sur le côté avec de la cire.

« Allez-y, Gaëlle.

– Je suis fière de travailler avec vous, monsieur. Votre parcours, votre réussite… je ne trouve pas de mots assez forts pour vous dire ce que ça me fait. Enfin voilà, désolée, je ne voulais pas vous perturber avant votre discours. »

J'attrape ma veste sur le portemanteau puis l'enfile. Je me rapproche de Gaëlle. Je la regarde dans les yeux et l'embrasse sur la bouche.

« Moi aussi, je suis fier de vous avoir près de moi. J'ai besoin de vous, Gaëlle. »

Elle semble un peu gênée par ce qu'il vient de se passer mais reste sans bouger. Toute rouge de timidité. J'ouvre la porte et une pensée me traverse l'esprit : « Oh, mon Dieu, ça va être dur de tenir… faut que je la vire celle-là, elle va perturber mon régime sexuel ! »

Je sors du vestiaire et retrouve mon chef de sécurité qui m'attend. On marche dans le long couloir qui mène à la scène. On arrive derrière de grands panneaux. Un homme au micro chauffe le public : « Je vous demande de bien vouloir accueillir maintenant celui que vous attendez tous. Il nous fait le plaisir d'être ici avec nous ce soir, malgré un emploi du temps plus que chargé, vous le savez, les événements de ce début de mois nous ont tous émus. Il est pour moi l'homme de la situation. On l'a vu avec l'assaut qu'il a dirigé dans les faubourgs de la zone 56 en ce début de semaine. Il nous a rendu une partie de notre territoire.

Celui que l'on surnomme "l'homme de fer", le ministre de l'Intérieur : M. Karim Belala ! »

J'entre sur la scène de l'Accor Arena III, une salle de sport qui accueille aujourd'hui plus de 16 000 personnes. Le public en furie me fait une standing ovation, à moi, le ministre. Je souris et me positionne derrière le pupitre.

« On m'avait dit que vous étiez nombreux et que vous étiez beaux… on m'a menti… vous êtes tout un pays ce soir et beau n'est pas assez fort. Merci à vous d'être là. L'heure est grave, mes amis. Notre société est menacée. Nos libertés sont menacées. Par des groupes invisibles qui se cachent dans des zones de non-droit. Depuis maintenant trente ans, ces zones fermées pullulent dans notre pays. Cela va changer. C'est pour ça que j'ai été choisi. Mes prédécesseurs n'y sont pas parvenus. Moi, je n'accepterai pas l'échec. Seule la réussite m'importe. Mes prédécesseurs se défendaient de toute action car, selon eux, les gens qui peuplent ces zones auraient des droits ?! Mais ne les ont-ils pas abandonnés en se cachant dans ces zones ?! *Alea jacta est…* Ils ont choisi cette vie hors la loi. Ils ont choisi de semer la terreur dans ces quartiers. Ils doivent répondre de leurs actes. Certains confrères lors de joutes télévisées se sont permis des sous-entendus insultants à mon égard. Je suis d'origine algérienne, donc je serais incapable d'agir contre mes semblables situés dans les zones ? Mes semblables, c'est vous ! Je suis français avant tout. Je ne comprends pas ce rejet de notre société. La plus belle qui soit ! L'opposition me dit que je suis trop féroce, au contraire. Que j'en rajoute pour justifier ma place. Bref, je suis attaqué de toutes parts quels que soient mes agissements. Pour cette raison, une grande bataille nous attend, mes chers amis… »

Les premiers applaudissements se font entendre.

« Je vous ai fait une promesse il y a quelques mois à mon arrivée place Beauvau. Je vais la tenir. Les zones de non-droit vont être purgées. J'ai établi un plan et je vais le mettre en place. Les anciens gouvernements ont laissé les choses empirer, sans bouger. Comment ont-ils pu accepter une telle chienlit sur notre beau territoire ? Tout cela va changer, mes amis. Dans quelques heures, nous allons être à l'aube d'une nouvelle ère, celle de la rénovation et de la reconstruction. Je vous l'ai promis… »

La foule applaudit de plus belle.

« La zone 48 va renaître. Tel le phénix qui renaît de ses cendres. Les flammes vont parler, le feu va crier mais il ne peut y avoir de résultat sans passer par la force. Toutes ces années où mes prédécesseurs ont laissé la pauvreté, la rage et la guerre des gangs gangrener cette zone, je regardais comme vous, impuissant, cette partie de notre pays être abandonnée. Tout cela va cesser aujourd'hui. Je ne vous le dis pas, je ne vous le promets pas. Non. Moi, je vais vous le montrer. La zone 56 n'était qu'un essai… et on a réussi. Elle retrouve aujourd'hui son nom de l'ancien temps : Ivry ! »

La foule est en délire.

« La zone 48 retrouvera le sien aussi. Nous n'avons vous et moi jamais connu la zone 48 que par ce chiffre honteux. Demain nous irons nous y promener, nous irons y habiter, nous irons y travailler. Ce que nous avons accompli avec la zone 56 n'était qu'une esquisse. Nous exterminerons les terroristes qui y ont pris place pour forcer les gens à vivre sous leur régime totalitaire et leur religion. Nous imposerons les lois de notre République par le sang. Ces gens colonisent nos terres, nous ne pouvons pas rester sans rien faire. Demain la zone 48 retrouvera son emblème et surtout son vrai nom : Belaire ! Nous ne sommes désormais qu'à quelques heures de son démantèlement et j'ai personnellement demandé au chef de l'intervention, le général Tropfa, d'utiliser tous les moyens nécessaires sans se soucier des conséquences. Aujourd'hui, mes chers amis, la force républicaine va parler ! »

Standing ovation de l'assemblée. Je me laisse envahir par la ferveur du public et lève mes bras au ciel tel un dieu accueillant ses disciples.

2.

Je sors de scène et mon assistant, Raphaël, me donne mon téléphone. On marche vite. Mon service de sécurité me suit pour retourner à la loge.

« Allô ? Bonsoir, président… Merci… merci pour votre confiance. Nous allons marquer l'histoire cette nuit… Bien, monsieur le président… Oui, président… Merci encore pour votre appel. »

Je raccroche.

Je suis en nage. Je sue à grosses gouttes. J'entre dans la loge et Raphaël ferme la porte. La serviette qu'il me tend n'y change rien. Je suis électrisé, telle une rock star qui sort de scène. Je passe la serviette sur mon visage, déboutonne ma chemise d'un seul coup de main et la jette au sol comme un trophée. Raphaël sort plusieurs chemises, toutes neuves et encore sous cellophane. J'en choisis une au hasard et j'arrache le plastique que Raphaël s'empresse de ramasser pour aller le jeter et laisser la pièce toute propre.

Le téléphone de Raphaël sonne, il prend l'appel :

« Bonsoir, madame… Son discours vient de finir… Vous l'avez vu en direct ? Oui, vous avez vu… c'était incroyable… Parfait… Je vous dis tout de suite… »

Je fais un signe à Raphaël de me passer le combiné.

« Je le vois arriver, madame, je vous le passe ! »

Je m'empare du portable :

« Allô, mon amour… Alors ? Tu en as pensé quoi ? On voyait l'ambiance à la télé ? C'était fou ! Je crois que je vais réserver le Stade de France pour quelques discours en guitare acoustique ! J'en ai eu des frissons, je te jure… Oui… non… ne t'inquiète pas, c'est à eux de faire attention, tu sais ?! Pas l'inverse ! Je dois encore participer à une réunion avec le chef d'intervention et son équipe, j'en ai pour quelques heures… Désolé, mon amour, tu sais que je n'aime rien d'autre que d'être près de vous… Non, promis, ce soir je rentre à la maison… je leur ai dit, mon amour, ça fait trois jours que je ne suis pas rentré, il faut que je voie ma femme et mes enfants… Ils vont bien ? Gaspard a eu les résultats de son examen ? Et Solène ? »

Une vibration de mon portable m'indique la réception d'un SMS. Je sors mon téléphone et le prénom LINO s'affiche. Cette technique de rendre masculins tous les contacts féminins de mon téléphone je l'utilise depuis tellement longtemps, parfois j'essaie de me rappeler qui est ce type. En fait non, c'est Lina qui m'écrit. Je range mon portable et finis ma conversation.

« Tu dis quoi, mon amour ? Pardon, je n'entendais pas bien… Jean passe son examen demain ? OK, alors je me glisserai doucement dans la maison… Je dois filer, mon amour… À tout à l'heure ! Bisous… Oui, moi aussi, je t'aime. »

Je tends le portable à Raphaël puis sors de nouveau mon téléphone personnel pour lire le SMS :

> Beau discours. Penses-tu pouvoir le refaire sous mes draps ?

Lina. La seule capable de briser mon couple et ma carrière en même temps. J'ai rencontré Lina il y a un an lors d'une réception de charité pour les enfants libérés des zones fermées. Dans sa robe moulante gris impérial on se demandait bien quelle charité elle venait offrir aux enfants. Elle aspirait la lumière et les regards, perchée sur ses talons couleur ivoire. Ses formes ondulées, sa longue chevelure noire brillante et ses yeux vert émeraude ne laissaient personne indifférent. Moi le premier j'avais perdu toute forme de raisonnement en la croisant, mais un petit coup bien placé dans mes côtes par Sabine, ma femme, m'avait ramené à la réalité. Je m'étais forcé toute la soirée à ne pas la regarder et à rester concentré sur ces images d'enfants sortis, comme moi par le passé, de l'enfer des zones. Mais chaque fois que la salle passait dans le noir, afin de diffuser une vidéo, je cherchais discrètement son regard. D'un coup je l'avais vue sortir, alors j'avais prétexté une urgence à Sabine pour passer un coup de fil dehors et ainsi j'avais pu intercepter Lina.

« Je vous connais. Vous êtes dans la politique ?

– Oui.

– Et vous ?

– Moi, les politiciens viennent dans moi… Je plaisante. »

Elle rit à gorge déployée. Elle cachait ses dents comme s'il y avait un défaut dans sa perfection.

« Je suis désolée, j'ai un humour à froid parfois. J'adore ça. Je suis Lina Ketra, je m'occupe de la communication de Hoover & Fred.

– Ah, enchanté, Karim Belala. Écoutez, je…

– Vous voulez qu'on se revoie ? Mais votre femme vous empêche de prendre le temps de me parler, c'est ça ?

– Vous êtes vraiment très drôle.

– Ne vous inquiétez pas, on se reverra. C'est sûr. Bonne soirée. »

Elle avait disparu dans un taxi volant. Deux jours après je recevais un message dans ma boîte mail de Hoover & Fred qui me proposait un rendez-vous pour parler de mon plan de communication. Lina était très intelligente. Même quand elle faisait l'amour, j'ai toujours eu l'impression qu'elle avait étudié parfaitement mes envies pour y répondre favorablement. La seule femme qui me mettait à genoux, m'empêchant de gérer quoi que ce soit, c'était elle. Je ne la voyais que lorsqu'elle l'avait décidé. Et c'étaient toujours des moments inoubliables.

Raphaël me sort de mes pensées.

« Monsieur ? Monsieur ?

– Oui, Raphaël, pardon.

– Le général Tropfa souhaite vous parler.

– Allez-y, faites-le entrer. »

Le chef entre. Un homme grisonnant d'une cinquantaine d'années, qui transpire l'expérience de la guerre. Son uniforme lui donne l'apparence d'un général de film d'action en images de synthèse.

« Bonjour, monsieur le ministre.

– Bonjour, Igor.

– Mes troupes seront prêtes à passer à l'action d'ici quelques heures. Comme vous l'avez demandé, votre discours est diffusé en boucle par des haut-parleurs dans la zone 48. Nous avons survolé le quartier avec un drone et avant qu'il ne soit abattu, nous avons pu nous rendre compte que la population est toujours présente. Il y a des femmes, des enfants, des personnes âgées. Ils ont dû les placer en première ligne pour bloquer notre attaque… »

Je le coupe.

« Peu importe. On ne fait pas d'omelette sans casser des œufs ! Nous allons en casser. Mais nous nettoierons tout derrière et Belaire renaîtra de ses cendres.

– Vous savez, ce quartier n'a jamais été un espace privilégié.

– Justement. Un virus s'y est déclaré il y a longtemps et vous serez le remède. »

Silence.

« Les terroristes sont présents en masse mais il y a aussi des civils…

– Je vous ai choisi parce que vous êtes un bon exécutant, Igor. Vous ne m'avez jamais déçu. Ce que nous allons faire n'est pas facile. Je pense à vos hommes et je sais que leur conscience sera mise à rude épreuve. Mais il ne faut pas voir ces gens comme des hommes. Ils ne le sont plus, Igor. Ils ont choisi de vivre hors de notre République et de notre monde. Ils ne sont plus… des êtres humains.

– Sauf votre respect, monsieur le ministre, quand il y a des femmes et des enfants… pour mes troupes, c'est toujours difficile de faire la part des choses.

– Igor… nous avons commencé à poser les premières pierres d'un renouveau… Ne nous arrêtons pas en cours de chemin. Vous êtes un soldat, Igor. Laissez la conscience pour moi.

– Bien, monsieur le ministre, je vous préviendrai dès que nous serons prêts et j'attendrai votre feu vert.

– Pas la peine, Igor, passez à l'acte quand bon vous semble. Je ne veux plus de ralentissement. Nous avons promis aux Français d'agir. Cessons de tergiverser !

– Bien, monsieur le ministre. Je vous tiendrai au courant quand la zone 48 sera libérée.

– C'est exactement ça, Igor, libérez la zone, Igor. C'est l'œuvre d'une vie que vous allez accomplir ce soir. La France est derrière vos troupes, Igor ! »

Le chef me salue solennellement avant de partir. Dès qu'il disparaît, j'envoie un SMS à Lina :

J'arrive d'ici 20 minutes. J'ai très envie de toi !

« Raphaël, je serai absent pendant trois heures, au moins.
– Bien, monsieur. Et si madame appelle ?
– Vous dites que je suis en réunion de préparation.
– C'est noté, monsieur. »

3.

Mon chauffeur, qui est aussi mon homme de sécurité, se gare derrière l'hôtel. On emprunte une porte dérobée à l'arrière de l'établissement. J'ai une casquette sur la tête pour passer inaperçu. Mon garde sort une carte magnétique qui nous ouvre la porte. On s'introduit dans l'hôtel et dans l'ascenseur de service. On monte au 14e étage. Je marche, tête baissée, dans le long couloir, à un pas cadencé. Je suis tout excité. L'homme de la sécurité se poste devant la chambre numéro 1458. Je frappe. C'est ouvert. J'entre… et je découvre dans la pénombre la silhouette de Lina sur le lit. Elle porte une robe de chambre en soie et ses pieds manucurés sont posés sur un coussin. Elle regarde la télévision. Je ferme la porte à clé et jette ma casquette.
« Oh, mon bébé, tu m'as manqué.
– Monsieur le ministre, vous ici ?
– Avez-vous payé toutes vos amendes ? »
Je ne lâche pas Lina du regard tout en enlevant mon pantalon et en déboutonnant ma chemise.
« Je ne suis pas à jour, monsieur le ministre, que dois-je faire ?
– Vous connaissez la sentence ? »
Je saute sur le lit où Lina m'attend…
Six minutes plus tard, Lina semble moins joviale et jette un regard absent vers la fenêtre.

« À quoi tu penses, ma chérie ?

– Ne m'appelle pas comme ça, j'ai horreur de ça. Tu dis la même chose à ta femme !

– Pas du tout, je l'appelle "Mon amour".

– Donc c'est pire, elle, c'est ton amour, moi, je suis ta chérie ?

– Tu vas pas me faire une crise pour ça ? Viens voir le ministre... »

Elle me coupe fermement.

« Arrête !

– Quoi ? Il y a un problème ? »

Lina allume une cigarette.

« Je n'en peux plus de cette situation, Karim.

– Oh non, pas ce soir. On ne va pas reparler de ça ?!

– Je ne suis pas ton défouloir !

– Mais je le sais ça.

– Si tu veux décompresser, tu n'as qu'à te payer une pute ! »

Bon, là, il y a un vrai souci. Elle est en pleine paranoïa. Elle croit que je l'utilise. Il faut que je fasse semblant de m'intéresser à ses réflexions. Je m'assois en caleçon sur le fauteuil face au lit. Je ne peux pas m'empêcher de mater le corps de Lina. Sa sensualité déborde de partout.

« Lina, c'est une soirée pleine d'enjeux pour moi, je ne crois pas que ça soit le moment de parler de ça.

– Karim, je vais avoir 30 ans, je ne suis plus une gamine. Si ta femme compte plus que moi, tu n'as qu'à la retrouver quand tu es stressé !

– C'est toi qui m'as demandé de venir !

– Tu ne comprends jamais rien, toi. Oui, je voulais qu'on se voie mais j'en ai marre de ces rendez-vous à l'hôtel. Tu dois prendre une décision, Karim. Peut-être que tu as peur de perdre ton électorat en quittant ta femme pour une personne plus typée ?

– Mais non…

– Arrête ton numéro politiquement correct avec moi, ton discours laisse peu de place au débat.

– Qu'est-ce que tu veux dire ?

– Tu sais très bien jouer le faux-cul devant ton public, Karim, mais pas de ça avec moi, s'il te plaît ! Tu es arabe, Karim, et j'ai l'impression que dans le miroir tu vois autre chose !

– Je ne saisis pas le rapport avec mes origines.

– Tu joues la carte anti-immigration, antireligion, anti-mixité alors même que tu as épousé une Bretonne et que tu couches avec une Algérienne !

– Bon, je crois que tu n'es vraiment pas dans une humeur agréable ce soir…

– Tu es un hypocrite, Karim. Ton seul but, c'est le pouvoir ! Tu es prêt à me mettre de côté juste pour être élu président !

– Je ne peux pas quitter ma femme maintenant, ça serait un suicide professionnel ! Tu peux le comprendre ça ?! J'ai fait beaucoup de sacrifices pour en arriver là !

– Tes sacrifices, c'est des sourires et des insultes envers ta communauté d'origine. T'es qu'un sale con, Karim !

– Bon, j'étais venu me détendre, tu m'as bloqué le dos. »

J'enfile ma chemise et prends le paquet de clopes qui se trouve sur la table basse. J'ouvre la porte vitrée et sors sur le balcon. J'allume la cigarette et prends une bonne bouffée, que je savoure. Je regarde l'horizon et vois au loin la zone 48. Le quartier est plongé dans le noir, car il n'y a que deux heures d'électricité par jour dans ce quartier emmuré. J'y ai veillé personnellement.

Je n'ai pas le temps de prendre une deuxième bouffée que trois filins m'entourent et se resserrent sur mes hanches, empêchant tout mouvement. Trois hommes cagoulés me font face, debout, sur le rebord du balcon. L'un des hommes pose sur moi un masque qui me ferme la bouche. L'autre me met un harnais et me fait grimper avec lui sur le rebord. Un frisson m'envahit. L'homme nous fait sauter dans le vide.

Je vois mon corps approcher dangereusement du sol. Je ne peux même pas crier. Je vois ma vie défiler. La naissance de Gaspard, Solène et Jean, mes trois enfants, dont j'ai raté à peu près tous les anniversaires, la rencontre avec Sabine lors d'une soirée étudiante de la Centrale quand j'étais bourré, notre mariage dans un corps de ferme que j'avais eu gracieusement contre une aide pour un marché public, mon élection à la mairie du 18$^{e}$ dans des conditions assez louches, mon entrée quasi forcée au gouvernement, le corps hypnotisant de Lina, puis mon discours démagogique prononcé il y a seulement une heure, devant une foule acquise... J'aperçois brièvement Lina se pencher sur le balcon. Elle ne crie pas et ne semble pas surprise. Est-elle de mèche avec ces kidnappeurs ? A-t-elle joué un rôle depuis le début de notre rencontre ? Ou alors est-ce juste mon esprit qui me joue un tour quelques secondes avant la mort ?

Je vois alors le sol sur lequel mon corps va s'écraser comme une mouche sur un pare-brise. Puis d'un coup, à 3 mètres du bitume, la chute est freinée. On se pose en douceur sur le toit d'un camion dont la porte est ouverte et dont le moteur tourne. Je me retrouve à l'arrière du véhicule, bientôt rejoint par les trois cagoulés. La porte se ferme. J'essaie de me mettre debout mais je reçois un grand coup de coude derrière la nuque et tombe assommé.

Le camion démarre à toute allure pour vite quitter la ville. L'entrée du périphérique est fermée par des barrières et un check-point. Les gardiens de la porte de Belaire voient le camion arriver sur eux depuis leur mirador. Ils se mettent en position pour tirer et lancent un appel de prévention : « Attention, attention, vous arrivez près d'une zone interdite, ralentissez ou sinon nous ferons feu… »

Le camion accélère. Les deux gardiens tirent alors en rafale avec leurs FA-MAS F1 de calibre 5,52 sur le pare-brise du camion. Mais les balles ricochent. Le camion explose la barrière comme une vulgaire porte en carton et continue de tracer sur le boulevard périphérique avant de s'enfoncer dans le tunnel, dans une énorme crevasse de la taille d'un avion, au milieu de la route. Le camion trace maintenant sous terre, déterminé, jusqu'à disparaître totalement dans l'obscurité.

4.

Je chantonne les paroles d'un hit qui passe sans arrêt à la radio le matin quand je suis en voiture : « Oui, oui, tu es mon âme sœur, cœur, cœur, cœur, avec toi je n'ai plus peur… » Pourquoi mon cerveau m'inflige cette horrible chanson ? Déjà que j'ai un mal de crâne pas possible. « Quel enfer ! Oh, j'ai le cerveau qui va exploser ! » La musique dans ma tête laisse place à une autre valse. Je reconnais la voix qui résonne dans les haut-parleurs à l'extérieur, c'est mon propre discours qui tourne en boucle.

Je me rappelle la chute de l'immeuble et le coup que j'ai pris en pleine nuque. Je n'arrive pas encore à ouvrir les yeux. Petit à petit, les muscles de mes paupières se relâchent. Je vois flou. Une source de chaleur me fait face. J'ai juste une lampe en pleine gueule. J'ai l'impression de ne pas être allongé. Quand j'ouvre complètement les yeux, je me rends compte que je suis sur une chaise à laquelle je suis solidement attaché. Je découvre la silhouette d'un homme assis face à moi en contre-jour. Je n'arrive pas à discerner son visage. L'homme brise le silence :

« Bonjour, monsieur Belala. Désolé pour cette petite escapade surprise.

– Vous faites une terrible erreur, à l'heure qu'il est, toutes les forces du pays doivent être lancées à ma recherche.

– Non, à l'heure actuelle toutes les forces du pays sont concentrées sur l'anéantissement de la population de la zone 48.

– Vous pensez vraiment qu'ils ne se sont pas aperçus de ma disparition ?

– Tout le monde pense que vous êtes avec votre maîtresse et qu'il ne faut pas vous déranger.

– Lina a dû prévenir la police de mon enlèvement. Ils vont me retrouver dans quelques instants. »

L'homme allume une télé sur la chaîne info :

*C'est avec fermeté que le ministre de l'Intérieur Karim Belala a annoncé ce soir la programmation imminente d'une intervention dans la zone 48... Le ministre de l'Intérieur serait actuellement en réunion pour ladite intervention qui devrait avoir lieu dans l'heure...*

« Je pense que votre maîtresse est restée assez discrète sur votre disparition.

– Qu'est-ce que vous me voulez enfin ? Vous m'auriez tué si vous n'aviez pas quelque chose à me demander...

– Je sais que vous aimez vous précipiter mais attendez un peu... Savez-vous ce qu'il s'est passé en 2073 ?

– C'est mon année de naissance ?

– En 2073, Mounir Zatlaoui, votre père...

– Le terroriste, vous voulez dire ?! Je n'ai pas connu cette personne heureusement. Je ne me souviens pas de lui.

– Sachez que votre père a œuvré pour les habitants de son quartier jusqu'à sa mort en 2087.

– En semant la terreur et l'inquisition au sein même de ce quartier ! Je suis au courant !

– Tous les habitants ont toujours été fiers d'habiter là. Les politiciens ont usé de la communication pour justifier leurs agissements. Votre père a pris la tête du mouvement de révolution de Belaire en 2073 pour protéger les habitants.

– Les gens étaient retenus par la force et c'est vous qui les envoyez au-devant du danger maintenant !

– Le mouvement a été créé par des propriétaires d'habitations à Belaire à qui le gouvernement de l'époque demandait de quitter les lieux pour instaurer un ultra-Grand Paris.

– Vous refaites l'histoire ! La rénovation de l'Île-de-France était une mesure importante, le gouvernement voulait acheter les habitations !

– Mais si les gens étaient heureux de vivre là, pourquoi les forcer à partir ?

– Pour développer l'économie et améliorer…

– Améliorer la vie des intra-muros en éloignant toujours plus les banlieusards ? Bientôt la banlieue, ça sera la mer !

– Quoi qu'il arrive, vous ne changerez rien. Ce qui doit arriver arrivera. Vous n'êtes qu'un grain de sable ! La zone 48 sera évacuée par la force, quel qu'en soit le prix à payer. Le régime de M. Zatlaoui n'a que trop duré. La zone 48 est une zone de non-droit où la République doit reprendre sa place.

– Monsieur le ministre de l'Intérieur, vous êtes une valse ! Vous ne parlez pas à vos électeurs là. Mais sachez que votre nom n'a jamais été aussi vrai puisque vous êtes à l'intérieur même de la zone 48.

– Je ne comprends pas.

– C'est très simple pourtant, vous êtes à l'intérieur même de la zone 48 appelée autrefois : Belaire. »

L'homme ouvre un rideau et je découvre la vue imprenable du haut de la cité. Nous devons nous trouver au 24e étage au moins. Au loin j'aperçois la tour Eiffel, minuscule.

« Monsieur le ministre, je voulais vous donner l'occasion de vivre ce moment que vous dites "historique" avec nous. Vous serez… comment on dit ? *Undercover.* »

L'homme retire un drap qui couvre un miroir et j'aperçois mon reflet. Ma tête a été rasée. Je suis habillé d'un survêtement et d'une paire de baskets. Mon look est à des années-lumière de celui que j'ai habituellement. Je suis méconnaissable.

« Mais qu'est-ce que vous m'avez fait ? Je ne comprends p... »

Je reçois un coup sur la nuque et m'écroule.

5.

C'est ma propre voix qui me réveille, et je déteste ma voix. Mon discours qui résonne d'une façon assourdissante sur les murs de la cité de la zone 48. Il fait nuit noire. J'ai très soif. Face à moi, il y a un petit robinet extérieur duquel s'écoule de l'eau. J'ai soif. Attends... je me rappelle que 95 % de l'eau disponible sur Belaire n'est pas potable. Sans électricité, la désalinisation de l'eau de mer a été très compliquée. La situation sanitaire s'est aggravée depuis les bombardements de 2080 avec l'opération « Bus de Troie ». Lors de cette mission, un faux bus humanitaire prétextant un ravitaillement de la zone transportait une bombe censée éliminer les leaders du mouvement de la Révolution intérieure. Au final, aucun des chefs n'avait été inquiété, seuls des civils de la zone avaient subi l'attaque de plein fouet. Avec la destruction des canalisations et systèmes d'évacuation des eaux, la zone 48 est devenue une déchetterie. D'où cette odeur agressive qui me pique les yeux. J'ai moi-même milité pour le blocus de la zone 48.

J'essaie de me boucher les oreilles mais le son du discours est vraiment trop fort. Je m'accroupis, puis me relève. Je crois voir au loin un groupe de jeunes qui me fait des signes avec des torches pour me demander de ne pas rester là. Je suis en plein milieu de la place. Il y a derrière moi les restes de ce qui avait dû être un parc pour enfants, il y a de cela une éternité. Un toboggan fendu et un cheval à bascule dont la tête a brûlé. Ces parcs de jeux ont toujours été de véritables pièges pour gamins pauvres. Des toboggans en fer qui deviennent des poêles à frire dès qu'il y a un rayon de soleil, des bacs à sable remplis de seringues et de microbes. Même le cheval à bascule n'a jamais été qu'un donneur de coups de tête. Ce sont des vestiges de l'éternelle insalubrité du quartier. Je suis seul au milieu. Autour de moi maintenant j'entends des sifflements, des chuchotements qui m'appellent.

« Ne reste pas là, t'es con ou quoi ?!

– Viens ici !

– Hey, Lacoste ! »

Pourquoi il m'appelle « Lacoste » ? Ah, c'est ce survêtement qu'on m'a enfilé. Il est signé de la marque au crocodile. Ma tête me fait mal. Je me tiens le crâne en espérant atténuer ma douleur. Les haut-parleurs commencent vraiment à m'insupporter. C'est ma voix qui est horrible en fait. Il y a au sol un caillou de la forme d'une petite balle de ping-pong. Je m'en saisis et vise le haut-parleur au-dessus de ma tête, comme un chamboule-tout à la foire du Trône. Le caillou passe à côté du haut-parleur qui continue de gueuler : « La zone 48 va renaître. Tel le phénix qui renaît de ses cendres. Les flammes vont parler… »

Je cherche à me rapprocher des torches. Je marche vite en direction des flammes. Mais un énorme bruit me rend sourd. L'un des murs de l'enceinte tombe sous le poids d'un char du groupe d'intervention mené par le général Igor Tropfa. J'ai juste le temps d'entendre un chef de régiment crier « Lumières ! ».

Tous les lampadaires de la zone 48 s'allument. Je continue de me diriger vers le char qui roule lentement en arrachant chaque voiture garée sur son passage. Je n'ai plus beaucoup de force dans la voix :

« Igor ! Igor ! »

Je me dirige vers le char en courant. J'entends au loin les habitants de la zone me prier de revenir :

« Reviens, abruti !

– Oh, Lacoste ?! »

Je préfère courir vers ma porte de sortie et mes sauveteurs providentiels. Le général ne m'entend pas et retourne à l'intérieur du char tandis que ses troupes, des centaines d'hommes au sol, le suivent derrière. Ils sont tous casqués et armés jusqu'aux dents. En les voyant, j'ai un moment d'arrêt. C'est magnifique cette armée. Je me fige et me retourne une dernière fois. Je vois derrière les habitations de la zone et toutes les torches qui s'éteignent. Je suis de nouveau seul au milieu de la place quand je sens une balle me traverser le corps.

## Remerciements

Merci à Noëlle et Kamran, qui ont écouté TOUTES mes idées comme si je n'étais pas fou, Domino my shelter, Riquet mon miroir, Mélody, Pierre & Greg mes colocs d'enfance, Sinou & Baba mes premières muses, Lahcene mon deuxième cerveau, Abdel mon coup de genou artistique, Karim pantacook, Guillaume ze businessman, Wahid, Bun & Booder mes f.r.a.n.g.i.n.s., IZM aka « Mr Calepin », Morade mon coéquipier, Adeline, Cypers prod, Luc Gaurichon, Melja & Le CC.

# Table des matières

MIXTE
Papier issu de sources responsables
FSC® C003309

Les papiers utilisés dans cet ouvrage
sont issus de forêts responsablement gérées.

Cet ouvrage a été achevé d'imprimer en mai 2020
dans les ateliers de Normandie Roto Impression s.a.s.
61250 Lonrai
N° d'impression : 2001567

*Imprimé en France*